わたしの幸せな結婚 六

顎木あくみ

富士見Ｌ文庫

もくじ

わたしの幸せな結婚―登場人物紹介

久《く》堂《どう》清《きよ》霞《か》
名家、久堂家当主。帝国陸軍対異特務小隊隊長。当代随一の異能の使い手。

斎《さい》森《もり》美《み》世《よ》
清霞の婚約者となり恋を知る。希有な異能「夢見の力」を持つ。

五《ご》道《どう》佳《よし》斗《と》
対異特務小隊所属。清霞の忠実な部下。

辰《たつ》石《いし》一《かず》志《し》
辰石家の当主。解術の天才。

薄《うす》刃《ば》新《あらた》
美世の従兄で薄刃家当主の息子。

堯《たかい》人《ひと》
皇太子。天啓の能力を持つ。

斎《さい》森《もり》澄《す》美《み》
美世の実母。故人。

甘《う》水《すい》直《なおし》
異能心教の祖師。澄美の元婚約者候補。

久《く》堂《どう》正《ただ》清《きよ》
久堂家前当主。清霞の父。病弱。

久《く》堂《どう》芙《ふ》由《ゆ》
清霞と葉月の母。気位が高い。

久《く》堂《どう》葉《は》月《づき》
清霞の姉。一児の母。

ゆり江《え》
久堂家の使用人。清霞も頭が上がらない。

序章

夜よりも深い闇に澱《よど》んだ空気がただ、滞留している。

清霞《きよか》は軍本部に設けられている獄舎の地下牢獄《ろうごく》、その中でも音もなく、一筋の陽光すら差さず、わずかな照明だけが頼りの最奥部に異能を封じられて投獄されていた。

宮城《きゅうじょう》にて身に覚えのない罪を着せられ、けれども守らねばならない多くを持つ手前、逃げるわけにも歯向かうわけにもいかずに、清霞は拘束された。

取り調べの機会はない。尋問も、裁判もない。

ただ清霞の身を釣り餌にしたいだけの策により、適度に痛めつけられたのち、放り込まれた場所がここだ。

牢のある剝《む》き出《だ》しの地下壕《ごう》には土の匂いと、有機物、無機物、あらゆるものの朽ちた匂いとが混ざり、こもっている。

昼も夜も暗い獄中は、時間の感覚がひどく曖昧で、はじめの三日ほどはなんとか時間を数えていたが、すぐにそんなものは無意味であると気づいてやめた。

すると、どうしたことか。

思い起こされるのは不思議とこれまでの何でもない日常の風景ばかり。

(美世《みよ》は今、何をしているのだろうか)

清霞が一方的に思いを告げてきた、婚約者の泣き顔が脳裏に浮かぶ。

不安に怯《おび》える彼女を、恐怖に泣く彼女を、置いてきてしまった。絶対にそばで守り続けると誓ったにもかかわらず。

こうなることは無論、想定していた。そのための備えもある。ただ、実際に直面してみると、無力感に襲われて後悔が止まらない。

これでは他人を——異能心教《いのうしんきょう》についたあの男をとやかく言えない。約束を破ったのは、清霞も同じだ。

おそらく美世を思って行動しているところも。

他愛のない日頃の彼女の姿だけが、清霞の正気を保たせてくれる。

料理をしているところ、毎朝玄関で見送りをしてくれるところ。家の高い箇所を掃除しようと懸命に背伸びしているところ、何気ないものを見て目を輝かせているところ。

こちらに向けられる、蕾《つぼみ》がほころぶような可憐《かれん》な笑み。

ただ何とはない、彼女らしいこじんまりとした仕草ひとつさえ。

愛らしい、と思う。愛《いと》しい、と思う。彼女の存在が心を温め、闇の中でも清霞の意識を導く光となってくれる。

最初は、自分がこのような心境になる日がこようとは、考えてもみなかった。

彼女はきっと、清霞に与えられてばかりだと思っているだろうが、本当は清霞こそ美世にいろいろなものをもらっているのだ。

出会ったときから、ずっと。

彼女といると、己が当たり前と受け止めていたものがそうでないと知る。日常のちょっとした出来事が、幸福で尊いものだと思える。

異能者としての役目や軍人としての責務に追われてきた清霞にとってそれは、新鮮で、何物にも代えがたいぬくもりだった。

ああ……早く帰れたら。

(――いけない。それを望んでは)

地面の冷たさしか感じられない中で、清霞は首を横に振る。

ここから出たい。元の日常に戻りたい。

そうして切望すればするほど、闇に呑《の》まれる。叶《かな》わないかもしれない未来への願望に思いを馳《は》せれば馳せるほど、心は真っ暗な深みへと沈み、戻れなくなってしまう。

この施設はそういう場所であり、そうして壊れていった者たちは少なくない。軍人として務めてきた清霞はよく知っていた。

だから、ここにいる間は未来に期待してはいけない。何かを望んではならない。考えることを許されるのは、過去のことのみ。

とはいえ、清霞はこの場で何もせず、呆《ほう》けて過ごすつもりはない。

清霞は鎖で自由の利かない、痛みを訴えてくる手を己の感覚だけを頼りに動かし、印を結ぶ。

そして、あらかじめ備えていた術を起動させた。

異能や術の発動は封じられているが、事前に外に設置しておいた術と繋《つな》がるくらいなら、清霞には造作もない。

(美世……)

彼女のことは、自分なりによく知っているつもりだ。

今の美世であれば、清霞が頼んだからといって大人しく待っていてはくれないだろう。

きっと、何かしようと行動を起こすはずだ。

ままならない。だが、そういうところも彼女ならすべて許せる気がする。

自分の気持ちすら満足に口にできなかった彼女が、ようやく自分から動きだせるようになったのだから。

清霞は薄暗がりの中で、そっと瞳を閉じ、愛しい人だけを想《おも》う。

一章　雪の路《みち》

白く染まる、舗装された街路を踏みしめるたび、靴底できゅ、きゅ、と高い音が鳴る。寄せる白波のごとく空が明らんできた冬の早朝、凍りつく空気に吐く息も白くさせながら、美世《みよ》はひとり、真《ま》っ直《す》ぐに軍本部へと歩を進めていた。

道行く人の姿は驚くほど少なく、ごくたまにひとり、ふたりとすれ違う程度だ。朝早いとはいえ、帝都の街中にいるのに、これほど閑散とした光景は初めて目にする。

まるで、街全体がひっそりと息を潜めているよう。

異能心教《いのうしんきょう》により、異形《いぎょう》の存在が世間へと明らかにされ、じわじわと波及する不穏な気配が人の心をそうとは知らぬうちに苛《さいな》み、さらに雪でこの道の悪さ。

人々が出歩きたがらないのは理解できるけれど、それにしても不自然な静けさだ。

軍本部および宮城で起きた甘水《うすい》による政変を一般の帝国民は知らないはずだけれども、何かが大きく動いた——そんなどこか殺伐とした空気は、伝わっているのかもしれなかった。

「はあ……」

いったん立ち止まり、手袋越しに凍えた両手の指先を擦り合わせる。後ろを振り返ってみると、真っ新《さら》な雪の上に己の足跡だけが点々と続いていた。

美世は今、正真正銘のひとりきりだ。

自分で選んだ道とはいえ、葉月《はづき》には事情を黙ってきてしまったし、対異特務小隊《たいいとくむしょうたい》の面々を頼ろうにも彼らも行動を制限されている。誰も、美世の無謀に付き合える状況にない。

同時に、誰も巻き込んではならないと覚悟してもいる。清霞《きよか》がいれば一も二もなく頼っただろうけれど。

だから無謀だとわかっていても、ひとり、進むしかなかった。

再び前を向き、ひたすら雪道を歩く。目的地が近づくたびに、身体《からだ》の芯から冷えていく心地がする。

美世にできることはごくわずか。でも、何もできないとは思わない。

甘水の企《たくら》みが自分のほうを向いて手招きしているのなら、直接あの男の懐に飛び込み、清霞を救い出す機をうかがうのが、美世の歩める最も確実な道に思えた。

歩き続け、ようやく軍本部の前へと繋がる大きな通りに出た。

しかしいきなり門には近づかず、付近の建物の陰から様子をよく観察する。

周囲に人はいないのに警備は非常に物々しく、軍の敷地《しきち》を囲む塀に沿って陸軍の軍人たちが常に険しい表情で巡回している。

（いち、に、さん……）

美世は彼らの数を数える。――今のところ、見える範囲で三人。

彼らは甘水の息がかかった兵だろうか。あるいは、ただ上からの命令に単純に従っているだけなのか。見ただけでは判別ができない。

もし彼らが甘水から何かを聞かされているとすると、名乗ればそのまま真っ直ぐに甘水まで近づけるかもしれない。

反対に何も知らされていなければ、門前払いされて終わりだろう。

後者だったら、どうにかして強行突破するしかなくなる。

（……大丈夫。できるわ）

美世は自身の内にある異能の気配を感じ、少しだけ身を強張《こわば》らせた。

方法はある。美世の夢見の異能を使えば、無理やりでも相手の眠気を誘い、夢へ引きずり込むことができるからだ。

ただ、言うは易《やす》し。さほど便利な能力ではなく、一気に大勢を眠らせるのは難しく、もし相手が睡魔に抗《あらが》えれば失敗してしまう。

　成功させるには、門が開く時機を見計らい、三人に素早く異能で働きかけ、たとえ眠らせるのに失敗しても相手が眠気に抗っているうちに中へ飛び込む。これしかない。

　美世はじっと集中し、食い入るように門の周辺を注視する。

「え？」

　しばらくしてふと、背後から袖を引かれて、美世は小さく声を上げた。

「だ、誰……？」

　慌てて振り向き、視界に映ったものを見て呆気《あっけ》にとられた美世の頭から、考えていたはずのあらゆることが吹き飛んだ。

　凪《な》いだ双眸《そうぼう》が、美世の肩の下あたりの位置からこちらをじっと見上げている。

　立っていたのは――十歳に満たないくらいの幼い細身の少年だった。

　昇り始めた朝日の光の加減で金髪のようにも見える、明るい茶色の髪を肩口で切りそろえ、瞳の色は灰青。透き通る肌は、雪路にまぎれ込んでしまうほど白い。

　舶来のビスク・ドールに生命を吹き込んだように美しい中性的な彼の面差しは、どこかで見た覚えがある。

　けれど、なにより驚くべきは、少年のその装い。

防寒していても寒い冬の朝に、身に着けているのは白い長袖のシャツ一枚とチェック柄のズボンだけで、コートも羽織っておらず、襟巻きや手袋などもしていない。

見ているだけで寒くて震えあがってしまいそうだ。

「え、あ、あの」

どこの子だろう。見たところ、近くに親や家族の姿はない。

小さな子どもとかかわるのに慣れていない美世は、おそるおそる、その場にしゃがみこみ、訊《たず》ねてみる。

「あの、迷子になってしまったの？」

訊ねながら、少年の美しい眼《め》をじっと見つめていると、それがよく見知った眼とそっくりであることに気づいた。

（旦那さまと、同じ……）

眼だけではない。色素の薄いところも、その顔立ちも。

よくよく間近で見れば、清霞を幼くしたような姿形をしている。彼の色彩は母親譲りのものなので、だとすれば義母である芙由《ふゆ》のほうの親戚だろうか。

けれども、近くにそのような親戚がいるとは、美世は聞いたことがない。また、親戚だからといってここまで似るなどありえるのか。

　さらにいえば、清霞の容貌は父親譲りだったはずだけれど。

　つい考え込んでしまった美世に、黙っていた少年がようやく口を開いた。

「軍へ行くのはやめろ」

　ぎょっとして、身体が硬直した。

　少年らしい高い声ながら、口調は普段の清霞とまるでそのまま、幼い姿に似つかわしくない無骨さだ。

　こんなことがあるだろうか。

　清霞のような外見で、清霞のような口調で話す少年とこんな場所でたまたま会うなんて。

（旦那さま……）

　うつむくと、雪が擦れた路面に、美世の記憶の中にある清霞の姿が次々と浮かび上がっては消えていくようだった。

　涙が出そうだ。本当は、ひとりで甘水の元へ乗り込むなんて心細いし、ふとした瞬間に気持ちが折れそうになる。

　――誰かに頼りたい。支えてほしい。

　意気地のない本音は何度も呑《の》み込んだ。

　自分を粗末にするつもりはないけれど、美世が自ら赴けば甘水は満足するはず。その隙を狙えるのはきっと美世しかいない。

どんなに不安でも進まなくては。

子どもの前だと、なんとか己を鼓舞して心を立て直し、美世は少年と向き合った。

「どうして、軍へ行ってはいけないの？」

問い返すと、清霞に似た少年はぎゅ、と眉根を寄せる。

「危険だから。ひとりで行くなんて、無謀すぎる」

少年は現状を何もかも理解しているようだった。このような反応をされては、さすがの美世も彼が清霞と何か関係しているものなのだと察する。

（でも）

どこからどう見ても、普通の生きた小さな男の子にしか見えない。

優れた術者なら、まるで生き物そのものの式を作り出すことができるというのは、新《あら》たから習っているから、それだろうか。

そう思って見てみると、なんとなく普通の人間には感じない違和感があった。

「あなたは、旦那さまの式？」

答えを期待せずにひとまず聞いてみると、意外にも少年はすんなりうなずいた。

「ああ。久堂《くどう》清霞を主《あるじ》とする式。……だから、これは主の意思だ」

おそらく、少年時代の清霞自身の姿を模しているであろう、式の少年ははっきりと美世を見つめ、断言する。

──清霞が、美世の行動を止めたがっている。

あの最後の瞬間、彼の言葉を聞いたときから美世だって承知している。彼は待っていてほしいと言った。本当ならば、その言葉のとおりに待つべきだ。

「わたしは軍へ、甘水直《なおし》の元へ行きます。旦那さまがなんと言おうと」

もう後回しになどしない。彼の優しさに甘えるだけの存在ではいたくない。

軍人であり、異能者として戦う清霞の妻になる者として、清霞の帰りを待つ覚悟ならとうの昔にしていたけれど、今のこの問題は単なる異能者同士の諍《いさか》いではない。

他ならぬ美世に関わる問題だ。だから人任せにはできないし、してはならない。

美世にもできることがあるのなら、困難に臨むとき支えあうのが夫婦だというのなら、自身の手ですべきことが必ずあるはずだった。

「行くな。絶対に、行ってはいけない」

「いいえ、行きます。わたしも少しは異能や術を使えるようになりましたから、勝算も低くありません」

心の奥底の不安を隠し、美世はきっぱりと言い放つ。

「行くな」

「行きます」

「宮城《きゅうじょう》か、姉さんのところで大人しく守られていてくれ」

「いいえ。それはできません」

清霞と同じ顔で懇願されると、あのときの、「愛している」と言ってくれたときの彼の憂い顔がちらついて決意が揺らぐ。

臆病ゆえ、彼の言葉に何も返せなかった歯痒《はがゆ》さと、今度こそという焦燥を憶《おぼ》える。

「甘水直とは、わたしが話すべきです。でないときっと、皆が前へ進めません」

甘水も、薄刃《うすば》家も、美世も。そして、去っていった新も。

皆が薄刃の掟《おきて》や、澄美《すみ》の死に囚《とら》われたままだ。

これから、薄刃家にかかわるすべてが新たな道へ進もうというのなら、甘水を清霞になんとかしてもらって終わり、というわけにはいかない。

美世だけが我関せずでいていい道理がない。

「そこの」

清霞の式と話しこんでいた美世は、呼びかけられて、背後に警備の兵が近づいていたのに遅れて気づいた。

「民間人か？　用がないなら、すぐに立ち去れ」

軍人は訝《いぶか》しげにこちらを見ながら言う。

ここは素直に名乗り、甘水の元へ連れていってもらえるか、試してみるべきかもしれない。

「あ、あの、わたしは――」

と、美世が軍人に向かって名乗ろうとしたときだった。

「だめだ！　来い！」

式の清霞が、美世の手を無理やり引いた。その力が思いのほか強く、美世は引っ張られたほうに少しよろけてしまう。

しかしそれよりも、思わぬ強引さに、美世は目を瞠《みは》った。

「行くぞ！」

「ま、待って……わたしは」

小さな清霞は、ぐいぐいと、女とはいえ大人である美世を引きずるようにして、軍本部とは反対方向へ連れていく。

滑りそうになる足元を気にしながら、美世は途中から自分の意思で少年についていった。

声をかけてきた軍人は、離れていく美世たちを何も言わずに見送っている。

特に追いすがってこないところを見るに、美世のことを甘水から聞いているわけではなさそうだった。

しばらく歩いて行ったところで、ようやく小さな清霞は立ち止まり、引いていた美世の手を離した。

「何を考えている。お前は、なんと名乗るつもりだったんだ」

「……斎森《さいもり》美世、久堂清霞の婚約者です、と」

おずおずと正直に答えた美世に、式は大きくため息を吐《つ》いた。

「今の久堂清霞は罪人だ。その婚約者だと名乗ったら、甘水が下っ端にまで話を通していなかった場合、余計な勘ぐりをされることになる」

「それは……そうですけれど」

美世は清霞に叱られているような気持ちでうつむき、答える。

まったく想像がついていなかったわけではない。

けれど、そうなったときは異能で相手を眠らせることくらい覚悟していた。そのために時機を見計らっていたのだから。

ただ、美世には上手《うま》く言い返すことができなかった。

式の言うことはもっともで、勝算がなかったわけではないとはいえ、浅慮かつ無謀であることもまた確かだったからだ。

「……でも、わたしには、これしか」

他の方法なんて、思いつかない。誰に相談しようと、清霞が待っていろと言うのだから待っているべきだと諭されるだけだ。

実際、堯人《たかいひと》からは宮城にいるよう引き留められたし、葉月も美世が久堂家本邸から出て行かないようにしたいと思っているのが、言動の端々から伝わってきた。

清霞のように、わかりやすく殲滅《せんめつ》力の高い異能が自分にもあったらきっと違ったのだろうが。

「はあ。やっぱり帰れと言っても、聞かないんだな」

美世は、ため息交じりで呆《あき》れた様子の式の言葉に、強く首肯する。

それだけは譲れなかった。美世自身の手ですべてを解決できるとは思っていないが、清霞を救い出し、甘水を止めるのだけは美世の役目だから。

「ならば、せめてもう少し、ひとりでも味方を探すか、敵情を知るべきだ」

「ど、どうするのですか？」

美世の味方になってくれそうな人で、力があり、今、自由に動ける者に心当たりがない。

また、相対する者を知るためにはその懐に飛び込むのが最も確実ではなかろうか。

小さな清霞は、本当に思いつかないのか、と言いたげな渋い表情で美世を見る。

「薄刃家に行ってみれば、いいんじゃないのか」

「あ……」

思わず目を見開く。言われて、初めて気づいた。

祖父は高齢ゆえ頼ってはいけないと勝手に思い込んでいたけれど、甘水も、そしてあちらへ行ってしまった新も。彼らの根源は薄刃家にある。

夢でだいたいの事情を見聞きして知ったつもりでいたものの、早計だったかもしれない。自ら動くと決意をし、自分のやるべきことをと、まさに猪突《ちょとつ》猛進な勢いで追い求めすぎていた自分を恥じた。

（わたし、本当に考えが足りないわ……）

手袋の中で握った手に、肌が白くなるほど力がこもる。恥ずかしさとともに、悔しさも湧きあがって、涙が出そうだ。

前に突き進むことばかり考えて、冷静に周りを見渡せていなかった。

「……ごめんなさい」

「ふん」

しゅんとして謝ると、幼い清霞の姿をした式は小さく鼻を鳴らしてそっぽを向く。

美世は深呼吸を二回して、手から手袋をとると、勢いよく両手で両頬を叩《たた》いた。ぱちん、と乾いた音が、人気のない雪の街路に響く。

「な、何をしているんだ」

式が急なことに目を丸くして驚いている。強く叩きすぎた頬は、冬の冷気とあいまって痺《しび》れるように痛んだ。

けれど、これでいい。気合いの入れ直しだ。

美世はつかの間じんじんとした痛みを堪《こら》えてから、式の小さな手を取り、自分の手袋を嵌《は》めてやる。

「え、これ……」

「いいんです。お待たせしました。行きましょう」

一歩前へ足を踏み出し、式のほうを振り返りながら美世が言うと、彼は少しだけ困惑した表情を浮かべながら、小さな歩幅で横に並んだ。

◇◇◇

薄刃家を訪ねるのは、正月に挨拶をしに行ったとき以来。

そのときは正月ということで慌ただしく、あまりゆっくりと話したり、滞在したりする時間はなかった。

祖父の義浪《よしろう》は実家のように思っていいと言ってくれるけれども、季節の行事などが何もない日に訪ねるのは気兼ねしてしまい、難しい。

美世は意味もなく心なしか忍び足で、音を立てないように門へ近づき、呼び鈴を鳴らす。

「よく来たな、美世」

ややあって、わざわざ手ずから玄関の扉を開け、出迎えてくれた祖父の義浪は、ほのかに悲しみを帯びた……それでいて柔和な笑みを美世に向ける。

祖父の優しげな雰囲気に、美世はそこはかとなくほっとして、目が少しだけ潤んだ。

「寒かったろう。中は暖まっているから、早く入りなさい」

「……はい」

寒さのせいではなく鼻がつんとして、声を詰まらせながらなんとか返事をする。

義浪の言ったとおり、中の座敷《ざしき》は火鉢でよく暖められていて、冷え切った身体《からだ》が速やかに溶けだすようだった。

案内された応接間は、初めてこの家を訪れたときにあわや清霞と離ればなれになってしまう羽目になるところだった、あの座敷である。

またこのような厄介な事情を持ち込んで、ここで祖父と向き合うことになるとは、あのときは思いもしなかった。

美世は式と並んで、義浪と向かい合う。

「その、お正月ぶりです。お、お祖父《じい》さま」

まだ義浪を祖父と呼ぶのは慣れなくて、気恥ずかしい。

わずかに目を伏せた美世に、義浪は穏やかな色を宿した瞳を向けてから、無言で美世に寄り添い続けている清霞の式のほうへ、険しい視線を送る。

「美世。こちらは？　君の婚約者にずいぶんと似ているようだが……まさか」

息を詰まらせるように言葉を切り、義浪はカッと目を見開いて、美世が予想もしていなかったとんでもない言葉を口にした。

「もしや、久堂の隠し子……！」

「違う！」

幼い清霞の姿をした式は、間髪を容《い》れず、勢いよく立ち上がって怒鳴るように否定する。

（隠し子……）

美世は義浪の発言にも、大人しかったはずの式の態度にも驚いてしまって、ろくに反応できない。

毛を逆立てた猫のように、式はいきり立っている。

式は式であって清霞本人ではないのに、顔を赤くし、慌てているのか怒っているのか、といった様子なのはいったいどういうわけか。

(でも、確かにありえない話ではないわ)

美世は清霞に隠し子がいるかもしれないなんて、一片も思い至らなかったが、言われてみれば、まったく可能性がない――話でもない。

清霞は年が明けて、二十八となった。

普通ならとっくに結婚していて当然で、さらに式ほどの年齢の子どもがいても不思議ではない年頃である。

学生時代に放蕩《ほうとう》していれば、あるいは。

もちろん本気にしたわけではないが、祖父の意見に妙に納得してしまった美世を、式が横目で睨《にら》む。

「違うからな?」

「わ、わかっています」

思わず想像しかけていた美世は我に返り、泡を食ってうなずく。

清霞と、誰か美世以外の他の女性との子どもがいるとは考えたくない。そんなことがあったら、美世はたぶん耐えられない。

(きっと、わたしの旦那さまなのに……って、思ってしまうわ)

彼に対し、どうしようもなく独占欲が湧いてしまっているのを、認めるほかなかった。

式の反応を静かに受け止めた義浪は、気が済んだのだろう、式を宥《なだ》めるように片手をかざして制す。

「すまなんだ、冗談だ」

「冗談でも言っていいことと悪いことがある」

平常心を取り戻すためか軽く瞑目《めいもく》しながら、式は座布団に腰を下ろし直した。

少年らしく不貞腐《ふてくさ》れている態度がなんだか可愛《かわい》らしくて、美世の口端は自然と緩んでしまう。

「しかし、お前さんは式かね？　さすがにいい出来だな」

義浪が感心して言うと、まじまじと観察された式は居心地悪そうに顔を背けて、隣に座る美世を見た。

「それはいい。……美世の話を聞いてやってほしい」

ここには、いったいどれだけの情報が伝わっているだろうか。

にわかに迷いが生じて口を噤《つぐ》む。けれど、今は最初からすべてを話すべきだろうと判断し、美世はこれまでの出来事を訥々《とつとつ》と語り始めた。

甘水が初めて美世の前に姿を現したときのこと、その後の甘水の企《たくら》み。甘水は美世を自陣に引き込もうとしており、そのせいで清霞が窮地に立たされてしまい、彼に伝えられなかった大切な言葉があること。

「――旦那さまがいつまでご無事でいられるか、わたし……心配で、でも他にどうしたらいいのか」

今は清霞を主《あるじ》とする式が動いていることだし、甘水は美世を釣るために清霞を連れていったのだろうから、直ちに彼の身に何かあるとは考えにくい。

理屈はわかっていても、いつ甘水の気が変わるとも知れず、現状がいつまで保てるのかはわからない。

ちっとも訪れない美世にしびれを切らして、甘水が清霞をどうにかしてしまうかもしれない。

膝に重ねておいた手に、力がこもる。

気ばかり急《せ》いてしまうのは、不安が空回りしているせい。そう、改めて自覚した。

美世が話している間、義浪は口を挟まずにところどころ途切れることがあってもただ待っていてくれた。

話すのが得意でなく、上手《うま》く整理されていない美世の説明は、ひどく拙かったはずだ。

けれども、なんとか話し終わったとき、義浪はほんの短い言葉だけ美世にかけた。

「そうか。……つらかったろう。ここに来てくれてよかったよ、美世」

「…………」

涙が溢《あふ》れる。どうして自分はもっと早く、祖父に相談しようとしなかったのか。

それだけ余裕がなく、冷静ではなかった。こんな簡単なことにすら、気づけないくらい。

「ありがとう、ございます」

「よく頼ってくれた。うれしいよ」

美世はしばらく、何も話せなかった。

それでも話を進めるためになんとか涙をおさめ、軽く息を吸って吐く。すると、義浪がおもむろに頭を下げた。

「新のことは、本当に申し訳ない」

伏せた祖父の表情は、ひどくつらそうだった。いくら薄刃家の者の仕出かしたことだとしても、美世もまた薄刃に連なる者であり、新はいい年をした大人である。

義浪が罪を感じ、謝罪すべき話ではない。

「いいえ。でも、新さんは、どうして……いえ、甘水直についても」

美世は何とはなしに、目の前の卓の艶やかな天板を見つめる。

新がいつでも薄刃家や美世のことを考えてくれているのは、間違いない。それだけは、信じられる。だから、新の行動によって美世が何らかの被害を受ける可能性は、きっとないだろうと思っていた。

だが、それならばなぜ新は甘水につくという選択をしたのか。何を目指すのか。本当に彼の意思なのか——彼の行動の根拠がわからない。

「新も、直も……すべては薄刃の今までのありかたに問題があったゆえ、間違いを起こしてしまったのだろう。維新以降の時代の流れに対応できなかった、当主であった儂《わし》の責だ」

「そんな」

甘水の考えは、夢で会ったときに聞いた。

たぶん皆、自分の役目を果たしたかっただけだ。甘水も、新も、義浪も、そして薄刃家や斎森家に介入した帝《みかど》も。

手段を間違えた、身勝手だと断じてしまえばそれまでだし、いざ甘水と対峙《たいじ》したら、美世と相容《あいい》れぬ彼の主張は否定せねばならない。

ただし、今この場で彼らの気持ちまで頭から否定する気にはなれなかった。

落としていた視線を上げ、美世は真《ま》っ直《す》ぐに義浪の目を見返す。

「……聞かせていただけませんか、昔――薄刃家に何があったかを」

すべてを美世の力でなんとかできるとは思っていない。ただ、甘水を止めたいのだ。けれど、彼を止めるには、彼の心に訴えかけるには、材料が足りない。

美世が甘水の意思を揺らがせられなければ、美世のほうが呑《の》み込まれてしまう。式が言いたかったことも、おそらくそういうことだ。

「そうだな。どこから話したものか……」

義浪はやや逡巡《しゅんじゅん》したのち、そう切り出した。

――甘水直という男は、幼い頃から手がつけられないほどの暴れん坊だった。

同年代の子どもへの暴力、犬や猫、鳥、魚などの小動物の殺生。わけもなく衝動的に残虐さが顔を出し、使用人をつけても、少しでも気に障ることがあれば殴る蹴る、大人も手を焼く問題児だった。

さらに追い打ちをかけるがごとく強力な異能に目覚め、もはや誰の手にも負えなくなった。異能者が減る一方である中、貴重な薄刃の異能者が生まれたのは喜ばしかったが、このままでは早晩死人が出る。

薄刃の大人たちはそう判断し、まだ幼く、異能者として未熟なうちに異能を封印してしまおうと決めた。

その矢先のことだ。澄美と直が出会ったのは。

澄美は明るく、やや世話焼きなところのある娘だった。彼女は日々問題を起こし、大人の頭を悩ませる直に、恐れ知らずにも近寄っていって世話を焼く。

初めは鬱陶しがっていた直だったが、親身になって心配してくれ、ときには厳しく叱る澄美に心を開き、依存していった。

それにともない、直が他の誰かを傷つけることもしだいに減っていく。

できれば、貴重な薄刃の異能者を潰したくない。

異能の有無という実力主義に縛られた甘い大人たちは、直に訪れた変化を良《い》いものだと考え、直の異能を封じるという案は実行されないまま、時が過ぎた。

澄美と直はまるで姫君と臣下のごとき主従か、あるいは飼い主と忠犬かと思うような関係になっていた。

ゆえに、ゆくゆくはこの二人が婚約し、薄刃を率いていくだろうと皆が油断していたのだ。

ところが、そこへ唐突な帝の介入。

薄刃が親族で経営し、主要な収入源としていた貿易会社はみるみるうちに傾き、帝に情報を吹き込まれた斎森家が薄刃に干渉した。資金援助と引き換えに、澄美と斎森真一《しんいち》の婚姻をちらつかせて。

薄刃家の危機に、初めは義浪も澄美も——薄刃の者が総出で、斎森の手など借りずに家を立て直そうと必死になった。だが、誰かによってことごとく対処を邪魔されているとしか思えず。

八方塞がりになり、ついに澄美は周囲の反対を押し切って、斎森家への嫁入りを決意する。

反対した者の中には、成長し、めっきり大人しくなった直もいた。

彼は、薄刃の血を外に出すべきではない、澄美だけを犠牲にするのはおかしい、もし滅ぶというのなら皆で家もろとも滅ぶべきだと主張した。

けれど、彼の説得にも澄美はまったく応じない。意思は固かった。

澄美の決意を誰も覆すことができず、しまいには義浪を筆頭として、薄刃家はやむを得ず澄美が嫁ぐことを受け入れた。

それに納得しなかったのが、直である。

彼は最後まで澄美や義浪、薄刃や甘水の両親の説得を聞き入れず、果てにかつての残虐性が再び表にあらわれ始め、すべてを蹴散らすようにして離反したのだ。

「――直の行方を、全員で追った。だが、薄刃自体が存続の危機だったこと、直が異能者として非常に優れていたこともあり、誰も奴《やつ》に追いつけなかった……」

義浪は歯痒《はがゆ》さと後悔を滲《にじ》ませた苦い表情を、さらに翳《かげ》らせる。

義浪の語った内容と夢で見た甘水の記憶の中の光景を、美世は自然と照らし合わせていた。

穏やかな日々、突如として落ちた影。

帝の企みさえなければ、きっと甘水はずっと澄美のそばで、彼女を支えて生きていったのだろう。

となると、現状の混乱を招いた原因は、保身に走った帝の行為だと言えた。

以前のオクツキの件もそうだ。帝の勝手な行動が無関係の人々を傷つけ、道を誤らせる。

「今回、直が暴走したのは、彼を御しきれなかった薄刃家全体の責任であり、薄刃家全員の甘さゆえだ」

確かにあまりに諸々《もろもろ》の対処が甘く、楽観がすぎた。ただし、当時の薄刃家では仕方のないところが多々あったのもまた、疑いようがない。

甘水のような人間に、強い異能が備わってしまったのが不運だった。

美世はまるで他人事《ひとごと》とは思えず、なんとも胸の奥がもやもやと気持ちが悪い。

すると、黙って聞いていた式が口を開いた。

「甘水の水面下の動きを察知できなかった対異特務小隊の責任もある」

式の慰めともとれる言にも義浪は何も答えず、首を横に振る。自身らの罪から逃れるつもりはないという意思表示だろう。

しばし、重苦しく居たたまれない沈黙が室内に流れた。

ようやく大きな息を吐き出した義浪は、わずかに雰囲気を和らげる。

「美世、話はこのくらいで良いだろうか」

「は、はい。ありがとうございました」

身内にしかわからない過去は、甘水への理解を深めるための一助となる気がした。無論、理解をしたとしても同調はできないけれど。

美世が薄刃の血を受け継いでいても、外で育った人間だからだろうか。

頭を下げた美世に、義浪はうなずきを返す。

「儂から話せることは少ないが……うちには、歴代の夢見の巫女《みこ》の記録や手記がいくつか残っている。今までのお前には不要な物だと思っておったが、もうそうは言っておれまい。おそらく、夢見の力を使うのに役立つだろうから、必要ならば見ていくといい」

「ありがとうございます」

今までの美世は異能を使って積極的に何かを成し遂げるつもりはなかった。訓練していたのも最低限、己の力を知り、安定させるためという理由が大きい。

しかし、甘水と対峙するならば、かつての夢見の巫女たちがどのように力を使っていたのか知るのは、かなり重要になりそうだ。

この提案はとてもありがたい。

「うちには、どれくらいいられそうだ？」

義浪の問いに、美世が返す前に式が答える。

「せいぜい二、三日。美世が何かを変えたいと望むなら」

淡々と静かながら、含みのある口ぶり。

変えたいと望むなら、二、三日……とは、いったいどのような意味があるのか。もしかして、その後に何かあるのだろうか。

疑問に思ったが、美世は口を挟まないことにする。また、義浪も特には言及せず、ただ「そうか」と相槌《あいづち》を打っただけだった。

「ならばその間に存分に調べ、身体《からだ》を休めていきなさい」

「はい」

そう返事をしたところで、美世と式は立ち上がり、薄刃家の使用人の案内でいったん二階の部屋へと向かう。部屋を借りてひと息つくためだ。

案内されたのは、以前、美世が数日滞在していた洋風の部屋。

客間というよりは、いつか訪ねてくる美世のために用意された場所のような、舶来の家具が並んだ洒落《しゃれ》た部屋である。

「……ふぅ」

暖炉ですでに暖められた部屋の椅子に腰かけると、つい、安堵《あんど》の吐息が漏れて、自分がずっと緊張していたのだと実感した。

式も向かい合った椅子に、器用に上って座る。床に届かない足をぷらぷらと揺らしてみて、む、と眉根を寄せた。

（そういえば）

互いに少し落ち着きを取り戻したときを見計らい、美世は気になっていたことを式に訊《たず》ねる。

「あの、あなたのことは、何と呼べばいい……ですか？」

なんとなく、おずおずと、といった調子になってしまう。子ども相手と思うといつもどおりの口調ではやや仰々しい気がする反面、相手は式とはいえ清霞だと考えると自然とかしこまってしまうのだ。

けれど、彼が清霞の式であると気づいたときから、気になっていたことを訊《き》かずにはいられなかった。

話し方よりも、呼び名のほうが、重大事だ。

式は式。清霞の意思で行動しているといっても、清霞そのものではないので、呼び名は変えたい。そもそも、少年の姿の式に向かって『旦那さま』呼びもおかしな話である。

「は？　普通でいいが」

式はなぜか訝《いぶか》しげに首を傾《かし》げ、眉を顰《ひそ》める。

普通、と言われても美世も困ってしまう。旦那さま、ではなく清霞の名を口にするのも、まだとてもできそうにないのに。

――愛称のようなものが、あればいいのだが。

そこまで考えて、ひらめいた美世は手を打った。

「では、その、『清《きよ》くん』と呼んでも……？」

我ながら名案である。清霞、の名は口にできなくても、これならなんとか言えそうだ。

清くん、なかなか可愛《かわい》らしい。

静寂の間に暖炉の火が、ぱちぱち、と小さく爆《は》ぜる。

なぜか美世の提案に、一拍おいて式が急にうろたえ、顔を赤くした。

「な、なんっ、そ、あ、いや、本当にそれで？」

「いけませんか……？」

何か、よくないところがあっただろうか。いい案だと思ったのだけれど。

残念なような、寂しいような気持ちで美世が黙り込むと一転、「いい！」と式──もとい、清が叫ぶ。

その白い頰は、まだ熟れた林檎《りんご》のように紅色に染まっている。

「それでいい！」

「本当ですか？　よかったです」

ぱっと心が明るく華やぐのが、自分でもわかる。提案を受け入れられて、美世は思わず声を上げた。

だから、気に留めていなかった。清のぼそりとしたやや不機嫌そうな小さな呟《つぶや》きの内容に。

「──まだ、私だって名を呼ばれたことがないのに」

「どうかしましたか？」

「なんでもない」

清は素っ気なく突っぱねる。美世は思わず、呆気《あっけ》にとられて目を瞬《しばた》いた。

見た目は清霞にそっくりなのに、その素振りときたら、幼い男児そのもののような可愛らしさ。

すげない態度をとられても、口元がついつい緩む。

「何をにやついているんだ」

奇怪なものでも見るかのような目を向けられても、まったく憎らしく思えないのだから、これは重症だ。

子どもとは、かくも愛らしいものなのだと新たな学びを得た美世は、楽しくなって、余計に笑みが湧いてきてしまう。

「いいえ。なんでもありません」

「……まあ、いいが」

清は式だからか、言葉少なだ。清霞もぶっきらぼうで口下手なところがあるけれど、さすがにここまで口数が少なくはない。

清霞が幼少の頃はこんなふうだったのかと想像する一方で、一抹の寂しさも感じる。

そんな他愛のないやりとりをしていると、部屋の扉を叩《たた》く音が聞こえた。

「はい」

美世が返事をすれば、「失礼いたします」と扉を開けたのは、先ほどの使用人だった。

「昼食をご用意いたしましたが、どちらでお召し上がりになりますでしょうか」

「え、あ……もう、そんな時間……」

目を遣った時計の針は確かにそろそろ正午を指そうとしている。早朝に久堂家本邸を出発してから、思ったよりも時間が経《た》っていたようだ。

緊張していてあまり感じていなかったが、なんとなく昼食の話をされると空腹な気もする。

「この部屋でいただいてもいいですか？」

使用人は美世の頼みに了承を示し、しばらくすると盆に載せられた昼食が運ばれてきた。

舶来の濃茶のテーブルに、薄刃家らしい洋風の食事が次々に並べられていく。

湯気を立てた熱々のマカロニグラタンと、茹《ゆ》でた馬鈴薯《ばれいしょ》や人参《にんじん》、ほうれん草、蕪《かぶ》にフレンチ風の味つけをした付け合わせ、拳よりも少し小さいくらいの丸いパンが二つ。

どれも良い匂《にお》いを漂わせていて、食欲をそそる。

「美味《おい》しそう」

覗《のぞ》き込んだ顔にふわふわと温かな湯気がほのかに当たり、目頭が熱くなった。

正直、清霞が軍に捕まってしまってから、食事がろくに喉を通らなかった。清霞の身が心配で、自分に何ができるかと悩んで。

どんなに美味しそうな料理を出されても、味がしないようで、なかなか食が進まなかった。

けれど、葉月に気を遣わせても申し訳なく、また、清霞が帰ってきたときに美世が痩せ細っていたら悲しませてしまう。

それだけはあってはならないと、その一心で、なんとか味を感じられない料理を毎回口に運んでいたのだ。

（安心したから、かしら）

前に薄刃家に滞在していたときの食事には、どこか味気なさを感じていたのに。

泣きそうになりながら、美世は向かいの清を見る。

「清くんは、何か食べないんですか？」

問われた清は、まさかそんなことを訊かれるとは思わなかったと言わんばかりに、頬杖《ほおづえ》をついていた顔を上げた。

「式に食事は必要ないから、いらない」

「あ……ごめんなさい、つい」

式は人間ではないのだから、食事をとるわけがない。あまりに清が人間の子どものようなので、そのことを失念していた。

よくできた式は本物の生物そのものの実体を持つ。外見だけでなく、触れても本物としか思えないほどだが、中身はまったく異なる。生物と同じ臓器や組織などは持たず、生物の皮を被《かぶ》った張りぼてとでも言おうか。

自分の迂闊《うかつ》さに、美世はがっくりと肩を落とした。

「大丈夫だ」

やれやれといった様子で、清は椅子に膝立ちになり、手を伸ばす。すると、清霞とは違う、柔らかな手がゆっくりと優しく美世の頭を撫《な》でた。

撫で方が清霞とそっくり重なり、胸が詰まる。

「一緒に食べられなくて、すまない。だけど、お前が食べてくれれば主《あるじ》も安心するから」

たどたどしくも、美世を気遣う清なりのぬくもりの籠った言葉は、何度も美世を救ってくれた清霞の不器用さも連想させ、自然に沁《し》みていく。

声を出すと泣いてしまいそうで、美世はただうなずき、「いただきます」と手を合わせて匙《さじ》をとった。

真っ白なグラタンを掬《すく》うと中から一気にふわり、と湯気が立つ。それを、十分に息を吹きかけて冷ましてから口に含んだ。

「……美味しい」

滑らかで、濃厚で、ほんのり甘い。とろとろと口内で蕩《とろ》けて、すうっと消えていく。熱いけれど、二口、三口と匙を動かす手を止められない。いつの間にか、食欲がなかったのが嘘《うそ》のように、美世は食事を進めていた。

「よかったな」

清の声が聞こえて、顔を上げる。出会ってからずっと無表情だった清が目元を薄《うっす》ら和らげ、微笑《ほほえ》む様を見て、つられて美世も相好を崩してしまう。

「はい。でも」

グラタン皿の中には、まだ半分ほど残っている。

美世は表情を綻ばせたまま、薄刃家から去る前に、この料理の作り方をきちんと聞いておかねばと思う。

「今度は旦那さまと食べたいです。……旦那さまは、このようなお料理は好まれないかもしれませんが、やっぱり一緒に味わいたくて」

「そうだな」

ふふ、と清はなぜだか、ひどくうれしそうに目を細めた。

食事を終え、腹もくちくなった美世は清とともに、使用人の案内で薄刃家の物置部屋を訪れた。

部屋は物置といっても雑多な印象はなく、物は多いがよく整頓されている。

だいたいのものは古そうな木箱などに収められ、きっちりと収納されており、義浪の言っていた書物がありそうな場所はすぐにわかった。

壁沿いに古びて変色した紙束がたくさん積まれている。

紐《ひも》で綴《と》じられているものもあれば、筒状に丸めてあるものも、ただ重ねられただけのものもあり、劣化の具合から見て上のものほど新しく、下のものほど古そうだ。

長らく誰も触れていないのだろう、全体に埃《ほこり》がまとわりついている。

「このあたり、それらしいな」

清がさっそく山のひとつから冊子をとって確認する。美世が手にとったのは、残念ながらどうやらいつかの当主の手記らしく、筆跡からも男性のもののようだ。

美世と清は、ざっと確認して夢見に関係していそうな山を選び出し、別室に移った。

和室を一室、義浪の許可をとって借り、腰を落ち着けて持ってきた資料の内容を精査する。

「ところどころ虫食いがあるし、かすれていて読み取れないところも多いな」

「……わたし、あまり読めません……」

唸《うな》る清の声を聞きながら、美世はがっくり肩を落とした。

歴代の夢見の巫女《みこ》によって書かれた手記などは、夢見の巫女自体があまり多くないからか、数はさほどないものの、どれもたいそう古く、綴《つづ》られている文字は崩し字である。さらに耳慣れない語や言い回しもありそうだ。

まともな知識もなく、いつも活字をなぞるだけの美世には、とても読みがたい。

まさかの事態に呆然《ぼうぜん》としてしまう。いよいよ前へ進めると意気込んでいただけに、落胆も大きかった。

「一番新しいものなら読めるか？」

新しいといっても、美世の前の夢見の巫女がいたのはすでに百年ほど前である。ただ、ところどころ読み取れそうな箇所もあった。

美世は、清に訊《たず》ねられて首を横に振る。

「わかる言葉はいくつか……内容はさっぱりで」

「それなら、気になったところに印をつけておいてくれ。あとで確認するから」

「はい……」

清の判断に異論はないが、それしかできない自分が情けない。女学校に通って国語を学びでもすれば、読めたかもしれないのに。

思わずため息を吐《つ》いた。生まれてこの方、何度も抱いてきた無力感が押し寄せる。

「そう気を落とすな。──ほら、ここ」

清が指し示した箇所を、身を乗り出して覗き込む。けれども当然、読めない。

彼の簡単な解説によると、書かれているのは夢見の力の使いかたの概要らしい。

「夢見は、昔から過去や未来を見通す能力として重宝してきたようだな。あとは、失《う》せものの探しや、神仏を装って夢枕に立つとか」

「夢枕……」

美世は清の言葉を反芻《はんすう》する。

夢枕に立つ、といえば、寝ている人の夢の中や枕辺に神仏や亡くなった人が現れ、その人にお告げをする現象などを指す。美世でも知っている昔話などにはよくあることだ。

確かに、夢見の能力があれば可能だろう。

おそらく、夢枕に立つことによってその人に行動を指示したり、何か過ちなどあれば正すよう仕向けたり、などといった使われかたをしたのだと想像がつく。

清は続けて、書物の表面を指でなぞりながら、わかりやすいよう噛《か》み砕《くだ》いて読み上げた。

「まず夢見の力を使う対象を定める、このとき、対象者の身体《からだ》の一部に触れているとより能力の効果が強固になる。次に内に宿る異能を意識しながら、目的を定める。過去未来を見通したい、誰かの夢に入り込みたい……など」

新から習ったとおりの手順だった。このとおりに実行し、オクツキの霊の思念に中《あた》った清霞を助け出して、久堂家の別邸を訪れた折には近隣の村人を助けることもできた。

確かな手ごたえとして、きちんと美世の中にある。

「そして最後に、定めた相手へ、定めた目的を現実にできるよう、異能で働きかける——普通の異能と仕組みは同じだな」

「……新さんも、これを読んだのでしょうね」

ぽつりとこぼれたのは、今はいない従兄《いとこ》のこと。

卓に積まれた、物置部屋から持ち出した書物を見回す。

これらの資料を、きっと新は長い間ずっと読み込んでいたに違いない。己が守るべき、夢見の巫女が現れるのを心待ちにしながら。

異能心教についた彼は、いったい何を思っているのだろう。

美世や薄刃の不利になることは考えていないと信じているけれど、それが甘水の目的と重なってしまった可能性もなくはない。

甘水とて、澄美の面影を美世に見ているだけとしても、美世のことを考えているのは事実なのだ。

「そうだな」

清は書物から顔を上げ、美世のほうをしばし見つめてから目を逸《そ》らす。その表情は、どこか不機嫌そうだった。

が、再び手元に視線を落とし、頁《ページ》をめくった清が、やや間の抜けた声を上げる。

「あ」

「何かありましたか？」

訊ねると、清は幼いながら整った眉を寄せ、細い指先を顎に当てて唸った。そこからしばらく、文章を目で追い「なるほど」と呟《つぶや》く。

「ここ」

顎にやっていた指を外し、ある一文を指す。

「――目、耳、鼻、舌、肌から感ずるものを、現実とは異なるものに思わせる能力を持つ異能者がいたと書いてある」

美世ははっとして、清を見る。

五感を操作する力。すなわち、甘水と同じ能力を持った異能者が過去にもいたということだ。

清も美世の目を見返し、軽くうなずいた。

「非常に強力な能力ゆえに、後天的に制限をかけることも多かったらしい。この手記が書かれたときのその能力者は比較的、温厚な性格だったために見逃されたようだ。そして、この異能の弱点は……」

「弱点は？」

「異能を行使できる時間がひどく短く、効果は半刻《はんとき》ほどしかもたない。さらに半刻もたせようとしたら、一日に三回ほど使うのが限度。また距離はほぼ本人が視認できる範囲に留まる。それ以上に異能を使おうとすれば、脳が焼き切れる、とある」

あれほどの力、無理に使えば身体への負担が大きいのは当たり前である。

けれども、「ただし」と清は己の推測を付け足した。

「使いかたしだいではあると思う。異能を行使できる時間が短く、範囲が狭かったとしても、機械の開閉器の『入』『切』を切り替えるように異能を細かく頻繁に調整できれば、十分に応用が利く」

異能を長時間使い続けるのが不可能であるならば、甘水が薄刃家を出奔してから長年にわたって異能という技術を研究し、反乱の準備をしなくてはならなかったことにも説明はつく。

甘水の異能の制約がもっと軽いなら、国の要人を片っ端から操ってしまえば済むからだ。それができないがゆえに、彼は自分の勢力を持ち、人工異能者による戦力を揃《そろ》えるなどの備えを必要としたのだろう。

（……でも、ここにこれが書かれているんだったら）

新は当然、前から甘水の弱点を知っていたことになる。甘水と遭遇してから、彼にも甘水の制約の内容はわかっていないように振る舞っていたが、あれは演技だったのだ。

なんのために。否——いつから、彼は。

背筋に薄ら寒いものを感じながら、美世は座り直し、開いた資料を見た。

しばし集中できない時間が続いたが、時を刻む柱時計の音だけが響く中、じっと書物と向き合っていると、いつしか日が暮れていた。

美世と清は、使用人に声をかけられ、夕食の用意ができているという部屋に案内される。

昼食同様、何も口にしない清と卓を囲い、恙《つつが》なく温かな洋風の食事を終えた美世は、義浪に呼ばれて食後の茶をともにすることになった。

この家を訪れてすぐに通された座敷《ざしき》に再び足を踏み入れると、すでに義浪が待っていた。

「おお、すまんな。呼び立てて」

義浪は微《かす》かに表情を和らげる。昼間に顔を合わせたときよりは、いくらか影のない雰囲気をまとっていることに、美世は安堵《あんど》した。

「いいえ。何かとお気遣いいただき、ありがとうございます」

用意された座布団に清と並んで腰を下ろし、頭を下げる。

義浪が美世たちに最大限の配慮をしてくれていることは、よくよく感じられた。食事も前より喉を通りやすいものが多かったように思うし、夕食に義浪が同席しなかったのも、おそらく美世が緊張しないようにするためだろう。

今は、それがありがたかった。

「そのくらいは、どうというものでもない。君が少しでも安らげる手伝いができるのであればな」

美世と清の前に、熱い緑茶を注いだ湯呑《ゆのみ》が置かれる。そのまま使用人は一礼して退室し、静かに襖《ふすま》が閉じられた。

そっと湯呑に手を伸ばすと、冷たい指先にじんわりと熱が伝わる。

「何か収穫はあったか」

義浪に訊ねられた美世は、小さくうなずいた。

「はい。わたしには少し難しかったのですが……」

ひとりでは、何もできなかった。なんとか情報を得られたのは、清がいてくれたからだ。

それに対して情けないと落胆しても、卑下したくはない。ひとりが何もかもをこなすのは不可能なのだから。

美世の人生で得られたものもあり、得られなかったものもある。それだけの話である。

夏にこの薄刃家で過ごした際、他ならぬ義浪に言われたことを思い出した。

『自分では抱えきれなくなったものを分け合えるのが、家族ではないか？』

落ち着いて周りを見渡せば済んだのだ。もう、誰も美世のほうを振り向いてくれなかった頃とは違う。分け合える家族が美世にもできた。

混乱して、焦って、忘れていた。今、胸の内が凪《な》いでいるのはきっと義浪の心遣いと、清がついていてくれるおかげだ。

自然と、微笑《ほほえ》みが浮かんだ。

「清くんが、手伝ってくれました。まだ、はっきりと何をしたらいいかということまではわかりませんが、とても貴重なお話を読むことができました。ためになります」

「そうか。それはよかった」

義浪もまた、笑顔でうなずき、「ああ、そうだ」と続けた。

「風呂の準備もできているから、ゆっくり休むといい。これくらいしかできず、申し訳ないが」

「いいえ。ありがとうございます」

室内には火鉢があるとはいえ、冬は身体が冷える。じっと座って書物を読んでいればなおさらだった。風呂で温まれるのは非常にありがたい。

そこで、美世は隣の清に目を向ける。

「清くん。よかったら、一緒にお風呂に――清くん？」

言いかけて、呆然《ぼうぜん》とした清の顔に言葉を切った。

ぽかんと口を開け、絶句する清。その瞳は潤み、両頬がおもむろに赤く染まる。次にいきなりがっくりと項垂《うなだ》れたかと思うと、勢いよく美世のほうを振り仰いで叫んだ。

「断る！」

美世は、清の過剰な反応に瞬《まばた》きする。

先刻、愛称で呼ぼうと提案したときも似た反応だったのを思い出した。小学校に通っていたときに同級生の男子でよく見かけた、いかにも年頃の少年といったふうである。

清は式なのに。一緒に入浴したら楽しそうだという単純な理由で誘ったのだが、それほど恥じらうことだろうか。

「式でも、外で行動しているので埃《ほこり》っぽくなりませんか？　お風呂に入ってもいいと思うのですが……」

式は人ではないから入浴が必要ないとか、そういった理由かと考えて言うが、清は凄《すさ》まじい速さで首を横に振る。

「違う！　そうじゃない！」

「あの、ええと、では、どうして」

困惑する美世を、義浪がやや憐憫《れんびん》を含んだ笑みでたしなめてくる。

「いや、んん……美世。そのあたりで勘弁してやりなさい」

ますます意味がよくわからない。勘弁とは、いったい。

清はだんだんと平静を取り戻したのか、深呼吸してから義浪に向かってうなずき、義浪もまたうなずきを返す。

何か二人だけわかったような様子に、美世は疑問を深めるばかりだ。

（……雑誌で、小さな男の子と女の人が一緒にお風呂に入ることもあるって書いてあったのに、どこかいけなかったのかしら）

しかし、清だけでなく義浪までもが反対しているのだから、何か美世の知らない根拠があるのだろう。

やや残念に感じながら、美世は追及するのをやめておいた。

薄刃家の檜《ひのき》が香る風呂は、熱めの湯が張られ、身体《からだ》を流してからそろりと浸《つ》かると芯から解《ほど》けていくように心地いい。

「あったかい……」

美世は息を吐きながら、身体を浴槽に沈めて目を閉じる。

あのとき清が現れず、甘水の元へ真《ま》っ直《す》ぐ乗り込んでいたらこんなふうには過ごせなかっただろうし、選択を誤って命を落とすような事態になっていたかもしれない。

葉月や堯人の危惧も今は納得できる。美世はそれだけ、端から見ていても危なっかしかったに違いない。

薄刃家に案内された時点で、義浪が久堂家には連絡を入れてくれると言っていたが、きっと心配をかけてしまっているだろう。

（申し訳ないわ……でも）

美世に戻るつもりは、やはりない。

温かい湯に浸かり、早くなった血流とともに、身体を穏やかに巡る異能の気配。

最初は慣れなかったけれど、もうすっかり当たり前になったその存在が、美世に事が済むまで隠れていることを許さない。

ゆらゆらと湯から立ち上る白い湯気を見つめ、独《ひと》り言《ご》ちた。

「夢見の異能を持つ異能者は皆、わたしみたいに悩んだのかしら」

手記や資料に書かれた夢見の巫女《みこ》たちの歴史は、常に波乱に満ちていた。

他の異能者たちとともに異形《いぎょう》と対峙《たいじ》することもあれば、異能を悪用する輩《やから》を取り締まることもあり、戦ともなると、多くの屈強な武者たちを密《ひそ》かに無力化する。

帝《みかど》の命とあらば、その異能を使う対象は異能者に限らず、悪人とも限らない。

書物に描かれていなくとも、そこにはいくつもの葛藤があったはずだ。

「もし、夢見の力を持っていたのがお母さまだったら……すべてが丸くおさまっていたかもしれない」

そのときは、美世はこの世に生まれていないだろうけれど。

考えても仕方のないことを、美世は静かに、取り留めもなく考えてしまった。

ゆっくりと身体を温めてから、風呂場を出る。寝間着に着替え、丁寧に身支度を済ませた美世が脱衣所をあとにすると、清が膝を抱えて廊下にひとり、座り込んでいた。

「清くん、やっぱりこんなところで寒かったでしょう。お部屋で待っていてくださればよかったのに」

式ゆえに寒さは感じないとわかってはいても、見るからに寒そうだ。清が拒否するので仕方ないけれど、たぶん彼が薄着なせいもある。

美世が言うと、清は立ち上がりながら首を左右に振った。

「いい。私は式だから。お前を守るのも主《あるじ》から与えられた使命だし」

「そう、ですか」

一抹の寂しさを感じながら、美世はそっと清の手をとった。

小さな手は赤くなりこそしていなかったが、ずいぶん冷たい。式だから体温がないのかもしれないと思いつつも、氷のようにひんやりとしたそれにいっそう寂しさが増す。

「何をしている」

不服そうな清の声に、美世は自分の肩下あたりにある彼の頭を見下ろして笑みを作った。

「手を、繋《つな》ぎたかったんです。……お部屋まで、このままでもいいですか？」

「……別に、構わない」

外見とちぐはぐな尊大な物言いに、今度は本物の笑みを浮かべて二人は部屋に戻った。

と、そこでもまた、清が美世の提案に猛反発してくる。

「同じベッドで眠るなど、ありえない！　私は眠らなくても問題ないんだぞ」

「でも、夜の間は暖炉の火も落としてしまいますし、きっと寒いですよ」

「だから、式は寒くならないと何度言ったら」

美世は広いベッドゆえ、一緒に眠ろうと清を誘っただけである。だというのに、この反応。本心では、清は美世とともにいるのが嫌なのではないかと思えてくる。

（清くんは旦那さまの意思で動いているはずだもの……ということは、清くんがわたしを嫌がるのは、旦那さまの心が反映されているから？）

まさか、そんなはずはない。清霞とは、ついこの前も同じ布団で並んで眠ったことがある。

であれば、式といえど清にもいくらか彼特有の感情や好き嫌いというものがあって、美世が嫌われているということだろうか。

それはそれで、悲しい。

思わず眉を八の字にして、肩を落とす美世を見た清は、今度は慌て始める。

「いや、その、お前が嫌とかそういうわけでは……むしろ、主が喜びすぎるというか、なんというか、だから、ええと」

消え入るような声で、しどろもどろな清の言い分はあまり理解できなかった。

特に問題はなさそうなのに、何がいけないのか——出かかった疑問を呑《の》み込み、美世はひとりでベッドに上がり、脚を掛け布団に差し入れる。

「ごめんなさい、我がままを言いました」

大人げなくへそを曲げてみっともないのは百も承知だけれど、心細さが勝ってつい拗《す》ねた態度をとってしまう。

そんな美世の様子に何を思ったか、清は低い呻《うめ》きを発してからベッドに近づいてきた。

「私を人形かぬいぐるみか何かだと思っていないだろうな」

「ええ、あの、はい」

急な質問の意図がわからず、美世は清を見て首を傾《かし》げる。

もちろん、相手が式だからといってそのように物扱いしたつもりはない。むしろ、人間の少年と同じように扱っている自覚はある。

清は美世の反応が気に入らなかったのか、軽く舌打ちした。

「全然わかっていない！　後悔しても知らないからな」

ということは、美世の希望どおり、どうやら一緒に寝てくれるらしい。どうしても素直に「うん」と言わない清が、やはり愛らしく思えて、美世は微笑んだ。

「ありがとうございます」

感謝を口にすると、清はふん、とそっぽを向いてベッドに上がる。そのまま、ごろりと端に寝転がった。

暖炉の火を消してしまった部屋は、灯《あか》りがなくなるとさらに寒々しく感じられる。

暗闇の中、美世は布団に包《くる》まるように身を縮め、目を閉じた。

(眠れない……)

身体は疲れを感じているのに、瞼《まぶた》を閉じていても目は冴《さ》えていくばかり。嫌な想像や、不穏な予感が駆け巡り、そわそわと落ち着かない。清に悟られまいと何度も寝返りを打ちたくなるのを我慢して、じっと睡魔が訪れるのを待つ。

けれど、息遣いで眠っているかどうかなどすぐにわかってしまう。

「少しでも眠らないと、身体が持たないぞ」

清に言われて、なぜか目尻から雫《しずく》が一筋流れていった。

泣くつもりはいっさいなかったのに、どうして。

美世はこっそり手の甲でそれを拭い、「はい」と答えを返す。けれど、清は納得しなかったようで、美世の背にややひんやりとした小さな身体がくっつくのを感じた。

「清、くん……?」

「不安なんだろう」

ただ、簡潔なその問いに、美世はまた「はい」とうなずく。

暗闇の内に、大切なものがいくつも失われてしまいそうで怖い。夜は、闇は、いろいろなものを連れ去っていき、美世の心に影を残す。

それがわかっているから、どうしても平静ではいられない。

清の存在が、清霞の生存を証明してくれる。しかし、清霞は生きているだけで、もしかしたら死にそうなほどの責め苦を甘水に味わわされているかもしれない。

助けに行けたとして、清霞は本当に無事なのか。また元の生活に戻れるのか。あの優しさにあふれた日々が戻らなかったら。

不安で、心配で、押しつぶされそうで、たまらない。

「わかって、いるんです。眠らないと、きちんと旦那さまを助けに行くことができないって」

食事も、睡眠も。普通のこと、生物として当然の営みすら、清霞がいないだけでこんなにも苦しい。

「でも……でも」

喉が震え、嗚咽《おえつ》が漏れそうになって、美世は清のほうへひとつ寝返りを打ち、その矮軀《わいく》を抱きしめた。

咄嗟《とっさ》だった。今は、ただ少しでも清霞の命を、清から伝わる息吹を感じたくて。

「お、おい……」

戸惑う清にも、美世は構っていられない。

抱きしめる美世の腕に抗《あらが》おうともがいていた清は、やがてあきらめて大人しくなった。

清に鼓動はない。それでも、しだいに気持ちが鎮まっていくのを感じる。

（清くんが、いてくれてよかった。本当に）

すう、と呼吸がしやすくなり、布団に包まれた身体《からだ》がだんだんと温まってきた。

そうしていつしか、美世は安らかな眠りへと落ちていった。

◇◇◇

――だから、お前はわかっていないんだ。

清霞は喉まで出かかった文句をかろうじて呑み込む。

牢《ろう》の中は相変わらず深い闇に沈んでおり、地下ゆえの厳しい寒さにもさらされている。

この牢は、冬に投獄されるには最悪の環境だった。

異能者の身体がいくら強靭《きょうじん》であるといっても、極端に過酷な環境で長く生存するのは難しく、苦痛も大きい。

甘水かあるいは新はそれを承知した上で、清霞をこの場所に閉じ込めているのだ。

（式を通して時間の感覚が戻ってきただけでも、いくらかましだが……）

その式のおかげで柄にもなく、羞恥で顔が上気してしまっている気がする。それを隠すように、知らぬ間に解けてしまった髪が、する、と肩を流れ落ちた。

二十八にもなって、この程度で恥ずかしくなるような初心《うぶ》さは持ち合わせていないと思っていたが、あちらから迫られるのは想像よりはるかに心臓に悪い。

しかも美世が無自覚なせいで、罪悪感も押し寄せてくる。まるで周囲に隠れて何か悪事をしているような、妙な居たたまれなさも。獄中だというのに。

（しかし、美世ももう、限界なのかもしれないな）

気丈に振る舞い、涙を堪《こら》える彼女の心がいっぱいいっぱいなのは、明白だ。だから恨み言のひとつすら、言えやしない。

清霞は、こうして捕まる前にした、堯人とのやりとりを思い出す。

『清霞、初めに謝っておく』

すまぬ――そういって、堯人は二人きりの場で頭を下げた。

何に対する謝罪なのかと渋面になった清霞に、堯人は続ける。

『そなたと、そなたの婚約者には、これから困難を味わわせることになる。我が、その道を選ばせた』

薄々、清霞も気づいていたので、驚きはしなかった。

甘水が次に狙ってくるのは、間違いなく自分だと予想はついている。単純な武力で清霞を封殺するのが難しいとなれば、今度は社会的地位を用いて攻めてくるとも。

清霞には久堂家の当主として、対異特務小隊の隊長としての立場がある。

何か罪をでっちあげられ、それを盾にされては家や身内を質にとられているも同然、身動きがとれない。

甘水は十中八九、この手段をとってくる。

『犠牲をなくすには、そなたの婚約者――斎森美世の異能が必要ゆえ』

尭人は表情を動かさず、しかしどこか、申し訳なさそうな色を滲《にじ》ませた。

『……夢見の異能を開花させるには、私が窮地に陥らねばならないと？』

『そうだの……甘水直には、斎森美世の心と言葉しか届かぬ。他の誰が何を言おうと無駄であろうな。そして、斎森美世を甘水直に会わせるには夢見が必要であり、そのためには難局が必要になる』

尭人は己の指先を宙に滑らせ、ひとつ、ひとつ、と物事の順序を示す仕草をする。

甘水を動かせるのは美世だけであるのには同意だった。

彼女だけが甘水にとっての執着であり、心残りであり、未来である。甘水が本気を見せ、本心を語るのは、美世に対してのみ。

おそらく政府や軍部を密《ひそ》かに掌握しつつあるであろう甘水に、美世以外の誰かをぶつけようとしても、近づくことすら困難を極める。のらりくらりと躱《かわ》されて仕舞いだ。

薄刃新を甘水が引き入れた事実も清霞からすれば意外だった。

ともかく堯人の言い分は理解するが、それに納得できるかは別の話である。

『そのために、彼女の人となりを見たいと仰《おっしゃ》ったのですか』

『すまぬな。そなたの掌中の珠《たま》ゆえ、おかしなことにはならぬと思うが……もし、そなたの危機に逃げ出すか、引きこもって怯《おび》えるだけの器であっては、どうしようもない』

美世はそんな行動はしない、と反論しかけて、堯人の見た未来の中にはそういった道もあったのかもしれないと思い直す。

実際、出会った頃の彼女では後者になる可能性はあった。

けれども、度重なる困難を乗り越えて自ら動くことに躊躇《ためら》いがなくなり、美世は強くなった。否、彼女の生来の強さを取り戻しつつあるというべきか。

思い悩み、迷っても、優しい美世の周りには彼女を支える者も増え、彼女自身ももう他人からの助けを受け入れられる。

堯人もそれを感じたから、今回、清霞と美世に試練を与えることにしたのだろう。

『掌中の珠ではありませんが、私は、彼女を信じています』

清霞が言うと、堯人はなぜか訝《いぶか》しげな素振りを見せた。

『本気か？』

『……何かおかしいですか』

『違う、後半に異論はない。我が言いたいのは、前半についてよ』

珍しく呆《あき》れを隠そうともしない堯人。清霞は眉を顰《ひそ》め、黙すほかない。

清霞と美世の関係は普通の婚約者同士であり、それ以上でもそれ以下でもない。清霞の胸に美世を愛《いと》しく想《おも》う気持ちはあるけれども、『掌中の珠』などと特別に称されるものでもないはずだ。

だから否定しておいたのだが、どうやら堯人の認識との間にずれがあるらしい。

『だから朴念仁なのであろうな、おぬしは。すべてが終わったら、一度己の言動を省みるべきだの。……まあよい。ともあれ、備えは怠るなよ』

『は』

短く返事をして、清霞は恭しく首を垂《こうべ》れたのだった。

堯人の目論見《もくろみ》に従うとなると、美世にすべてを話してしまうわけにはいかなかった。

何も知らない状態で、清霞が甘水の手に落ちた軍に捕まったことにより奮起してもらわねば、異能を開花させるのは難しいだろう。

だからといって、傷つけたいわけではない。

「すまない……」

こんな場所から謝罪しても、意味はない。けれども、清霞は口にせずにいられなかった。

早くすべてを終わらせ、必ず美世を休ませて、安心させてやりたい。抱きしめたい。

だから、今のところは式と感覚を共有し、目いっぱい彼女を支える。

再び式——清と感覚を繋《つな》げ、ベッドの上で美世に抱きしめられたままの状態に悶々《もんもん》としたものを抱えながら、清霞はそうあらためて決意した。

◇◇◇

眼前に、白い霧が立ち込めている。

しっとりと湿り気を帯びた霧は、触れると濡《ぬ》れてしまいそうなほど濃い。

太陽の光は差しておらず、されども真っ暗でもなく、夜明け頃の空のように薄《うっす》らと明るく一面の白い世界が広がっていた。

ほんの十歩先すら覚束《おぼつか》ない景色の中、立ちすくむ美世の前には、石段が真《ま》っ直《す》ぐに伸びている。

（ここは、どこかしら）

美世が驚くことはない。

もう幾度となく体験してきた、夢の世界。寒さも暑さもない、ただ頬を撫《な》でる濡れた霧だけが満ちるここもおそらくそうであろう。

だが、初めて来る場所だ。まったく心当たりがない。

霧の中に続く石段は、一見不気味なものにも思えるはずだけれど、美世の胸内には不思議と恐怖や憂慮は湧かない。

代わりに、心臓の奥、身体の芯に燃えるような美世自身の異能の蠢《うごめ》きを感じる。

強いていえば今、美世が最もはっきりと抱いている印象は——霊妙、だろうか。神秘、と言い換えてもいい。

じっと様子をうかがっていると、ふいに、石段の左右に順々に光が灯《とも》った。

膝下くらいの高さしかない小さな灯籠のようなものが、石段に沿ってずらりと並んでおり、あたかも美世を招き導いているがごとく、手前から奥へ、次々と灯っていく。

危険は感じていない。臆することもなく、美世は一歩、足を前へ踏み出そうとした。

が、その美世の肩に、誰かの手が置かれた。

「旦那さま……」

横にいつの間にか、着流しに羽織《はおり》姿の清霞の姿があった。

ゆっくり見上げた婚約者の顔には、優しげな笑みが浮かんでいる。

(……夢だものね)

清霞は何も語らない。美世の心細さが見せた、幻にすぎないのだから当たり前だ。けれど、だとしても、隣に彼がいるだけで、こんなにも心強い。

するりと、大きく武骨な手が美世の手を握る。

その感触は慣れたものと同じで、ほのかに温かい。

涙が零《こぼ》れそうになるのを堪えながら、美世は清霞と手を繋ぎ、石段を上り始めた。

白い霧の中を、一段、一段、確かに足を踏みしめて進んでいく。どのくらい進んだだろうか、先に、霧にまぎれてぼんやりと人影が浮かび上がった。

近づいていくと、その人影がすらりとした女性の輪郭を持っているのがわかり、さらに寄っていくと、それが誰だかわかってくる。

「……お母さま」

前方に立っていたのは、美世の母──斎森澄美であった。

長い黒髪を揺らし、桜色の着物を纏《まと》った彼女は若く、美世と変わらぬ年頃。その表情はとても穏やかで、柔らかな眼差《まなざ》しがこちらに注がれている。

それは、母の過去を夢にて覗《のぞ》き見ているわけではなく、澄美の意識がしっかりと美世を捉えている証《あかし》だ。

(でも、夢、よね)

以前、美世は夢の中で母に別れを告げた。ずっと死にたくて、早く母の元へ旅立ちたかった自分との決別として。

それ以来、母娘《おやこ》として母と会うことは、一度もなかったのに。

「美世」

呼びかけてくる声は落ち着いた女性のもの。前に夢で聞いた声と同じだ。ふわりと優しいけれど、人らしくない平坦《へいたん》さを持つ声色で、現実味が薄い。

はっと、美世は息を呑《の》んだ。

澄美の後ろにもずっと続いている石段に、ぽつり、ぽつり、と人影がある。その数は見える範囲で五人ほど。

それらの人影はどれも白衣に緋袴《ひばかま》を着た女性のもののようで、皆が美世と清霞を見ている気がした。

（どういう、こと？）

これはいったいどういう意味を持っているのか、この何人もの人影は誰なのか。

何もわからないけれど、母が視界に入ってから、心臓のあたりで燃える異能がしだいに存在感を増している。

熱い。それに、苦しい。

澄美との間にはまだ三段ほどの石段が残されているが、美世は立ち止まったまま動けなかった。

繋いだ清霞の手の力がわずかに強くなる。

母は美世たちを見つめたまま、ことり、と石段を下りて、近づいてきた。

「美世。ごめんなさい」

眉尻を微《かす》かに下げて、澄美は謝罪を口にした。何に対する謝罪かわからず、美世は困惑して母を見上げることしかできない。

「あなたに、苦しいもの、重いものを全部背負わせてしまった」

斎森家で過ごした十九年、甘水との因縁。澄美の言葉がそれらを指しているのを察する。

そんなことはない。母のせいでは、ないのに。

美世は否定しようとして、しかし澄美はその隙を与えずに続けた。

「私の分も、今までの薄刃家の分も。……だから」

――少しだけ。少しだけ、手伝うわ。

澄美が言った瞬間、燃える異能の熱さが、ますます強くなっていく。身体《からだ》の内が焼かれているのとは違う。ひたすら炎のように燃え、だんだんと身体全体が熱くなってきた。

「お、お母さま……わたしは」

目を閉じる。熱い。熱くて、熱くて、それと裏腹に頭の奥はつんと冷えた。

そうして、突然。

脳がすっと冷え切る心地がするとともに、視界が一気に開ける。

「え……」

そんなはずはないのに、千里の先まで見通せているかのごとく、過去、未来、現在のすべてが脳裏に雪崩《なだ》れ込んでくるがごとく。

堰《せき》を切って溢《あふ》れ出《だ》した異能により、頭の中を澄んだ水が満たしたように、前に広がっていた濃い霧が文字どおり刹那の間に霧散していた。

「これは」

視《み》える。――今まで、知らなかった世界が。

まるで、広い、広い、大海原に身体ごと投げ込まれたみたい。

泡のようにふわふわと、たくさんの景色が浮かんではじけた。その泡の中に、とあるあどけない少女と少年の姿が映り込む。


『うすば、すみ、よ。よろしくおねがいします』

『ふーん。別に、どうでもいい』

『わたしには、どうでもよくないのよ。なおしくん』

『うざったいな、お前』

『けがしたの？　けんか？　ちがでているわ。てあてしないと』

『うるさい。ほっといてくれ。お前にはどうでもいいだろう』

『わたしには、どうでもよくないの。まえにもいったわ』

『……勝手にしろ』

『直くん！　また動物を……かわいそうだと思わないの？』

『どうだっていいじゃないか、どうせ弱くて、大した価値もない存在なんだから』

『弱くて価値がないっていうのなら、私もあなたより弱いから同じようにどうでもいい命ってことね』

『そんなこと、言ってない』

『どうして人を傷つけるのよ。あなたが他人を傷つけるたびに、あなたの心や身体にも傷ができるわ。どうしてそれに気づかないの』

『そいつは君を侮辱した。夢見の力を持つ子どもを産むためにしか、君には存在価値がないと。何もわかっていない、だから』

『……ごめんなさい。それなら、あなたの傷は私が背負うべきものね』

『背負わなくていい。僕が君を守るから、だから、そんな顔をしないでほしい。澄美……ちゃん』

『私、いつか薄刃家の皆がお天道さまの下を堂々と歩いていけるようにしたいの』

『君が薄刃を継ぐのかい？』

『うーん、そこまでは考えていないけれど。でも皆にもっと、自由に生きてほしい。もちろん、あなたにも』

『僕が自由になったら、きっとそれでも君といる。ずっと、ずっとだ』

『ふふ。いけないわ。私のほうばかり見ていないで、直くんは――』

『――直くん。私ね、やっぱり斎森家にお嫁にいくわ』

はっと、我に返る。

指先で頬に触れると、知らないうちに濡《ぬ》れていた。どうして涙が出るのか、わからない。

けれど、胸が詰まったように痛かった。

（今のって……）

霧の晴れた先の石段には、確かに先ほどあったはずの澄美の姿はすでにない。その後ろにあったいくつかの人影も失《う》せていた。

灯っていた灯籠の火がかき消え、ただ、淡い灰色の空に向かって石段が延々と続いているだけだ。

美世は呆然《ぼうぜん》と、澄んだ世界を見つめていた。

自分自身は何も変わらない。だというのに、何かが決定的に違って見える景色に圧倒される。

「旦那さま」

隣に立つ清霞は、相も変わらず沈黙したまま微笑《ほほえ》む。

やはり夢は夢でしかないのだと思いながら、美世は彼に向き直った。

「旦那さま。……待っていてくださいね。必ず、会いにゆきます」

胸の前で手を握り、そう告げた美世へ、清霞はうなずきをひとつ返し、その姿も煙のように消えてしまう。

彼の消えた跡を噛《か》みしめるようにしばらくうつむいた美世は、再び顔を上げて石段を下った。

二章　心を知り

「では、行ってまいります」

薄刃《うすば》邸の玄関先にて、美世《みよ》は深々と義浪《よしろう》に頭を下げた。

結局、この家には二泊三日滞在していたが、今日は別の場所へ向かわねばならない。手がかりは十分に手に入れ、次に行くべき場所も決まっている。

美世は薄刃家に残されていた母の着物と袴《はかま》を借りて着替えた。

生成色の着物に、海老茶袴《えびちゃばかま》と薄桃の羽織《はおり》。焦げ茶の革靴もすべて丁寧に手入れされており、すぐにでも着られる状態に保たれていた。

母の着物に身を包むと、母に支えられている心地がする。

あの夢で聞いた澄美《すみ》の言葉を、美世は自分が夢の中で母に言わせた言葉ではなく、母自身の思いであると信じていた。

「ああ、気をつけて。……夜はうちに帰ってきなさい」

「はい」

うなずき、再度礼をした美世は、清《きよ》を連れて帝都の雪路を歩き始める。

先日よりも少し融《と》けた雪はまだらに水になり、朝の寒さの名残《なご》りで凍っていた。ざり、ざり、と靴底を鳴らし、ところどころ滑らかに凍った地面に気をつけながら、美世は真《ま》っ直《す》ぐに帝都の繁華街へと進む。

時刻は朝というには若干遅く、昼にはまだ早い。

時間が時間だからか、人通りは少なくない。俥《くるま》や自動車が盛んに行き来し、着物の上に羽織を纏《まと》い、帽子を被《かぶ》って手袋をはめた人や、洋装の上から厚いコートを身に着け、襟巻きをした人々が雑踏を作り出していた。

ただ、その表情は一様にあまり明るくはない。

「どうして、わかったんだ？」

手を繋《つな》いで横を歩く清が、にわかに疑問を口にする。

漠然とした問いの意図を察せずに、美世は首を傾《かし》げた。

「何を、でしょうか」

「今、向かっている場所のことだ」

ああ、と得心する。

帝都の大通りに出てまた細路に入り、反対側の目抜き通りに出て――それを繰り返し、薄刃家が邸《やしき》を構えていた住宅地から離れ、数々の会社の社屋や由緒ある大店《おおだな》などが立ち並ぶ一角へと、二人はやってきていた。

目的地はとある老舗の旅館である。

薄刃家ですするべきことを終え、では次にどうするかという話になったとき、美世と清の意見ははっきりと一致していた。

旅館『明田屋《あきたや》』。

幕府時代初期から続く、帝都でも有名な歴史ある旅館で、各界の著名人や富限者も頻繁に滞在する高級な宿泊所でもあった。

現状、ここまでの情報で美世が知るはずのない行き先だ。

「……視えましたから」

端的な返答は、清をわずかばかり驚かせたらしい。

清は無言で目を瞠《みは》り、けれど、それ以降は何も訊《き》かずに口を噤《つぐ》んだ。

「清くんこそ、二、三日と仰《おっしゃ》ったのは最初からそのつもりだったからですか？」

「まあ。知っていたから」

近くはない道のりを歩いていくと、やがて表から一本奥に入った道沿いに、立派な門構えが見えてくる。

たどり着いた明田屋は木造の二階建て。門をくぐると、美しく整えられた庭園が見え、屋号を記した大きな提灯《ちょうちん》が掲げられている。

門から玄関まで続く飛び石の上を進み、美世はいかにも古い、濃茶の木枠に玻璃《はり》を嵌《は》め込んだ戸を静かに開けた。

「ごめんください」

「いらっしゃいませ。ようこそお越しくださいました」

宿泊客が顔を出すには早い時刻。美世たちを待っていたわけではないだろうが、ちょうど宿の女将《おかみ》が出迎えてくれた。

中年の女将は美世と清の姿を見て、しばし逡巡《しゅんじゅん》したかと思うと何かに気づいたように、表情を引き締め、訊《たず》ねてきた。

「どのような御用向きでしょうか」

「――わたしは、斎森《さいもり》美世と申します。こちらで宿泊されている方に用があって参りました」

背筋を伸ばし、ゆっくりと会釈をしながら言うと女将は「あら」と口元に手をやり、ひとつうなずいた。

「斎森さまですわね。聞いておりますわ」

どうやら話は通してあったようだ。あまりの手際の良さに、さすがだと感心してしまう。

美世たちが女将に案内されたのは、明田屋の離れ。

廊下を進み、庭の中を通り過ぎた先にあるその部屋は特別だ。離れは基本、ひと組の客しか泊まれない。すなわち、貸し切りにするも同じで、高級旅館である明田屋の一棟を貸し切るには相当な財力が必要となる。

選ばれし権力者のみ利用できる部屋かつ、その機密性は帝都内でも屈指なのだ。

これから会う人物を思えばさもありなん、といったところである。

雪化粧をし、樋《とい》から落ちる雪解け水の音が響く美しい松の庭に目を奪われながら、美世は清とともにその離れへと足を踏み入れた。

「ごほごほ。待っていたよ。ご無沙汰だね、美世さん」

「はい。お久しぶりです。お義父《とう》さま」

離れの座敷《ざしき》で美世たちを出迎えたのは若々しく、線の細い中年男性――清霞《きよか》の父、久堂《くどう》正清《ただきよ》。

こうして顔を合わせるのは昨年の秋以来のことだが、次に会うのは結婚式のときだと思っていたので、美世にとっては予想外に早い再会といえた。

正清は着流しの上に羽織や綿入れを何枚も重ね着し、丸々と着ぶくれしている上、時折、乾いた咳《せき》をしている。

以前と変わらぬ病弱ぶりであった。

座敷を入ったところで、三つ指をついて挨拶した美世に、正清は「楽にして」と柔らかで細い声をかけた。

「……清霞は、なんというか、小さくなったね」

ははは、と正清が笑うと、清のこめかみに青筋が立つ。

「小さくなってない」

眦《まなじり》を吊《つ》り上《あ》げた清を見て、正清はさらに腹を抱えて笑い、それにますます清が不機嫌さを露《あら》わにした。

（微笑ましい）

正清と幼少期の清霞のやりとりが再現されているようで、和む。

だが、美世たちはそう悠長にもしていられない。のんびりと過ごせば過ごすほど、今回の件は厄介さを増し、すべてを綺麗《きれい》に解決したとしても後始末に手を焼くことになる。

早々に美世は気持ちを切り替えて、正清と向き合った。

「不躾《ぶしつけ》に申し訳ありません」

「いいよ。こうなるのは予定どおりだからね」

常にふわりとした柔和な雰囲気の正清は、泰然としてうなずく。

「ところで、お義母《かあ》さまは……？」

先ほどから部屋には芙由《ふゆ》の姿がなく、一向にやってくる気配もない。夫妻でこの宿に泊まっているはずだが、何かあったのだろうか。

義母の身を案ずる気持ちも込めて美世が問うと、正清は肩をすくめた。

「芙由ちゃんは気が進まないからって寝室に引きこもってしまってね。たぶん、美世さんが気に入らないというわけではないと思うから、気を悪くしないでほしいのだけど」

「そんな、その、わたしは気にしません。一度くらいお顔が見られれば……」

「わかった。伝えておくよ」

義父の義母への一風変わった愛情を久しぶりに感じ、美世はほっと胸を撫《な》で下《お》ろした。

隣の清は「放っておけばいいのに」と何やら呟《つぶや》いたように聞こえたが、それには特に返さずにおく。

なんだかんだといって、正清は芙由に厳しい態度をとることもあるが、美世の意思より芙由の意思を迷いなく自然と優先するほどには、芙由を大切にしているのだ。

ここで本題を切り出すため、美世はしっかりと居住まいを正した。

「――お義父さまに、お願いがございます」

美世の言葉に、笑みはそのままながら、正清の目の鋭さが増す。

「なんだい」

「異能心教《いのうしんきょう》を止めるために力を貸していただけませんか」

今日、こうして先代久堂家当主である正清を訪ねてきた狙いはそこにある。

清霞の前に長きにわたり当主を務め、帝《みかど》に従い、役目を果たしてきた正清には、間違いなく相応の人脈がある。

それは今まで人と交流することが少なかった美世にはないもので、清霞にはあるかもしれないが、牢《ろう》の中にいる彼の力は借りられない。

異能心教と対峙《たいじ》するには戦力が必要だ。

少数精鋭の対異特務小隊《たいいとくむしょうたい》だけではとても手が足りない。異能心教は、人為的に不特定多数へと異能を付与することができるので、どうしても数で押されてしまうだろう。

対抗するにはできる限りの、戦力となりうる軍属でない異能者を募るしかない。

「わたしには一騎当千の力はありません。異能心教の戦力を食い止められるだけの、戦力がいります。そのために、異能者の皆さまに声をかけていただきたいのです」

「ふむ」

正清は美世の願いを聞いて、腕を組む。軽く瞑目《めいもく》した彼が何と返してくるか、美世はなるべく毅然《きぜん》とした態度を心がけて見つめた。

「ま、そうなるよね」

ふう、と息を吐いて、正清はゆっくりと瞼《まぶた》を上げる。

「引退した身ではあるけれど、確かに知り合いの異能を受け継ぐ家はいくつもあるし、伝手《つて》もある。彼らに戦いを強いるのは難しくても、声をかけるくらいはできるかな。たぶんすぐに集まるよ」

「では……」

「うん。それと、甘水《うすい》に加担している家に警告を出すこともできるね。そちらは多少、脅してでも協力させるのもありかもしれない」

言っている内容はやや物騒であるが、正清の力を借りられるのは間違いない。

美世は思わず、目を輝かせた。

「ありがとうございます！」

こんなにもすんなりと、快諾してもらえるとは思っていなかった。

正清は優しげだが、生温《なまぬる》い人物ではない。

今回は美世が素人の発想で頼んだこと、もっといろいろな質問をされて試されたり、一度や二度は断られたりするのも覚悟していた。

「ふふ。清霞、君がここまで美世さんを連れてきたんだろう。こうなることは言っていなかったのかい？」

どういうことか、と美世が清を見下ろすと、清は正清に向かって首を横に振った。

「言ってないし、別に連れてきたわけでもない。彼女が、勝手にここに来ると言ったんだ」

清の答えに、正清は面を食らった様子で目を瞬《まばた》かせ、驚く。

「え、言っていない？　だとすると、美世さん、君はどうして……」

そこで、ようやく美世も二人が何の話をしているのか察した。

なぜ、正清たちが帝都に来ていることを美世が、しかもその居場所まで知っていたのか、という話だ。

不思議に思って当然だろう。普通ならば、わかるはずがない。

「夢で、視《み》ました」

静かに正清の疑問に答え、美世は微笑《ほほえ》む。

「ようやく、視えるようになりました」

正清は一瞬、呆気《あっけ》にとられた顔をしてから脱力した。次いでおかしそうに笑った正清からは、安堵《あんど》のような雰囲気が伝わってくる気がした。

「そうか。うん、いいね」

「全部は視えません。ですから、お義父さまが了承してくださるかどうかまでは、確信はありませんでした。快諾してくださって、ありがとうございます」

「いいよ。……では、今後のことも？」

正清に訊ねられ、美世は少し考える。

あらゆる過去現在未来を見通すような、万能な異能はおそらく存在しないし、そもそも持っている異能が優れていても、美世自身が未熟者ゆえ、万能にはなりえない。よって、今後どうなってゆくか、視えているところもあれば、むしろ見当もつかないところのほうが多いほど。

それでも肝心要の、清霞を助ける術《すべ》は心得ている。

「はい、少しは。重要な未来も、いくつかは視えていると思います」

はっきりとした美世の口調は、正清になんらかの確証を抱かせたらしい。

すっかり朗らかな、のほほんとした具合で、うんうんと頭を縦に振ってうなずき、出されていた手元の湯呑《ゆのみ》を両手で包み込んで口に運ぶ。

「いやあ、よかった。お嫁さんがこうも有能なお嬢さんで、僕は本当に幸せ者だ」

「そ、そんなことはありません……」

自身の異能が使えたからといって、有能、とは持ち上げすぎだ。

美世は今までの人生で、無能と言われた回数のほうがはるかに多い。それが急に正反対の評価になるなんて、あまり現実味がない。

湯呑を傾け、ずず、と茶を啜《すす》った正清は、おもむろに立ち上がる。

「さて、少し休憩していきなさい、二人とも。僕は芙由ちゃんに話してくるから」

そう言って座敷を出て行った正清を見送り、しばらくすると、美世たちは庭に面した、日当たりの良《い》い部屋へと案内された。

畳敷きではなく、焦げ茶の板張りの床に、洒落《しゃれ》た花模様を彫り込んだテーブルと、籐《とう》製の椅子が四脚並べてあり、蔓草《つるくさ》の柄の壁紙が張られ、さらに暖炉まである、どちらかというと洋風な雰囲気のある部屋だった。

そして、四脚の椅子のうちの一脚に、優雅に座する貴婦人が寛《くつろ》いでいる。

「ご無沙汰しております、お義母さま」

美世が深々と頭を下げて挨拶すると、貴婦人――久堂芙由は、切れ長の目をさらに鋭くして、一瞥《いちべつ》を寄越した。

「母と呼ぶなと言ったはずですけれど。相変わらず、気が利かない娘ね」

その声は聞くからに不機嫌そうで棘《とげ》がある。相変わらず、という芙由もまた、以前から変わりないようだ。

とはいえ、初対面のときよりは幾分、柔らかくなったほうかもしれない。

美世と芙由のやりとりを傍らで見ていた清は、大きなため息を投げやりに吐き出すと、勧められていないにもかかわらず、向かいの椅子にどっかりと勢いよく座った。

そして、黙ったまま視線で美世に隣の椅子に座るよう促してくる。

「失礼いたします。……ありがとう、清くん」

芙由に断り、清の気遣いに感謝しながら、美世も清の隣に腰かける。

薄刃家に滞在していたときから、清と隣り合うこの位置がすっかりお決まりになってしまった。

美世にとって安心できる、心地の良い定位置だ。

「それで？　身内の恥の後始末もまともにできない不肖の嫁が、あたくしにいったい何の用があって？」

冷たい瞳を向けながら、芙由は痛いところを突いてくる。さすが、隠居同然の暮らしをしていても、義母は世情に詳しい。

何か厳しいことを言われるだろうと覚悟はしてきたが、一瞬、詰まった。

それを見た芙由は、畳みかけるように言葉を重ねた。

「あたくし、これでも腹に据えかねていてよ。わかるでしょう？　こんな地味な宿に泊まらされて、さらには手塩にかけて育てた息子の経歴に、あなたは傷をつけたのだもの。許せないわ」

「……はい」

どんな罵詈《ばり》雑言《ぞうごん》よりも、胸に刺さって痛い。

清霞は冤罪《えんざい》で捕まった。しかし、甘水を打倒しても、その嫌疑が完全に晴れる日が来るかはわからない。

美世を婚約者に据えたせいでそうなったのだから、責任は美世にある。

清霞が今後、世間的に不利益を被《こうむ》り、人々の非難の対象になってしまったら、苦しくて、つらくて、頭がどうにかなってしまいそうだ。

ただ肯定を返すことしかできない美世を見て、隣の清が芙由をねめつける。

「黙れ。主《あるじ》はあなたに手塩にかけて育てられた覚えはないし、主の経歴に傷がつこうが、それは彼女の責任ではない」

「まあ、五月蝿《うるさ》い式だこと。その主の母を式ごときが貶《けな》すなど、どうかしているのではなくて？」

「主自身の意思だ。主の母なのにあなたが主に敬われないのは、私のせいではない。八つ当たりはやめてほしい」

「なんですって……？」

部屋の温度が、急激に下がっていく気がする。清霞本人ではなく、その式であっても、どうにも芙由とは上手《うま》くいかないようだ。

すまし顔でとんでもない反論をする清と、今にも噴火しそうな芙由。

この状況を自分に止められるだろうか、と美世が真剣に悩みだした頃、芙由が手に持った扇子を一度、ぱしり、と大きく手の中で打った。

「あたくしは、幼子と言い争いをして時間を潰すほど暇ではありません。さっさと用件をおっしゃい」

おろおろとしていた美世は、はっとして背筋を正す。

「は、はい！　……用件、は特にありません。わたしが、お義母《かあ》さまのお顔を見たかっただけです」

正直に話したのに、芙由は胡乱《うろん》な目で美世を凝視する。

何を企《たくら》んでいるのかと疑わんばかりの様子に、美世も自然と緊張した。が、芙由に会いたかったから会ったのだ、という理由はまったくの真実だ。

（わたしは、厳しく接してほしかったのかもしれないわ）

実家にいた頃とは打って変わり、今は誰もが美世を甘やかす。清に窘《たしな》められもしたが、最後は必ず清のほうが折れている。

それはとても居心地がいい。そのまま甘えたくなる。けれど、逆に不安になりもした。

ただ甘やかされ、真綿に包《くる》まれるがごとき扱いを受けて生きているうちに、取り返しのつかない方向へ歩を進めていやしないかと。

美世が、美世自身を強く信じられないゆえに。

「あたくしはあなたの顔など見たくなくてよ。――何がおかしいの」

「……申し訳ありません」

芙由の尖《とが》った言動が、なぜか美世の心を安心させる。

思わず口角が上がってしまっていたようで、美世は慌てて謝罪した。貶されて喜んでいたら、とんでもない変人のようではないか。

「ふん。へらへら笑っていられるなんて、さぞ余裕のようね」

「あ……」

申し訳ありません、と再度謝ろうとしてから、芙由の言いたいことは別にあるのかもしれないと思いとどまる。

すると、やはり芙由は美世の返事など気にせず続けた。

「思ったよりもましな顔つきだけれど、あのとき――婚約者として、清霞さんを支えたいとあたくしに大見得を切ったあなたは、どこへ行ったのかしらね。今のあなたは決心しているようで、本当のところはまだ納得できていないように見えてよ」

言われて、思い出す。

かつて、久堂家の別邸にて騒動に見舞われたとき、美世は確かに芙由にはっきりと告げた。

『旦那さまが、後方に憂いなく存分にお仕事に向き合えるよう支えるのが……わたしにできる、わたしの役目なんです。わたしは、それを全うしたい』

『わたしは旦那さまの役に立ちたい。婚約者という立場に甘えたくはないんです。できることからひとつひとつしていって、いつか、胸を張って堂々と旦那さまと並び立てるように』

あのときは、清霞の婚約者という立場に、自分自身を追いつかせたくて、必死だった。

現在の自分は、あのときよりも婚約者としてなら、少しは成長していると思う。

あくまで、婚約者としては、だ。

（でも……）

芙由の指摘は、図星だった。

清霞があんなことになり、後悔しないためにようやく想《おも》いを告げようと決意した。

けれども、美世自身の想いを清霞に告げるか、告げないか。迷っていたのはこの心が、感情が、婚約者や妻という立場と相反すると感じたからだ。

その戸惑いは、まだ完全には消えていない。

「ねえ」

「はい」

芙由の呼びかけに、静かに返す。清は黙したまま、主の婚約者と母のやりとりを見つめていた。

「あたくしたち――女が恙《つつが》なく生きるには、一生、親や家、夫やその家族に差し出され、与えられたものをただ愛するしかなくてよ」

「……はい」

「己の境遇、結婚相手さえも、ただ目の前に出されたものを、『愛《いと》しい』と思い込むことでしか幸福は得られないの。それしかないから、それを愛するしかない。皆そうしているし、そうできないのは、子どもが駄々をこねるのと同じよ。わかるでしょう」

「はい」

実感のこもった重々しい芙由の論が、美世の胸にも沈み込む。

女は何も選べない。選べないまま、勝手に人生が進んでいく。だから、他人に勝手に選ばれて差し出されたものを精一杯、愛して生きるしかない。

そんな人生と最も相容《あいい》れないのが恋慕の情だと、美世は思っていた。

「親から差し出された夫を愛そうと努力して愛するのは、恋愛とは違うわ」

「…………」

やはり、と美世は目を閉じる。芙由も同じ意見なのだ。

夫婦の間に、恋愛感情は必要ない。そんなものはなくとも、互いを敬っていれば、温かな関係は築ける。

てっきりそう諭されるのだと思ったが、芙由の考えは、美世の想像とは大きく異なっていた。

「一度、別に考えればいいではないの」

「え？」

「心は自由よ。努力して愛する相手が決められた夫だとして、他にも己の心の赴くままに男性に恋し、愛せばいいでしょう。恋心は誰にも止められないのだから、仕方ないのではなくて？」

美世は、目が点になった。……気のせいか、部屋の外でも同時に何かが崩れたような大きな音もする。

　まさか、浮気を堂々と勧められるとは思わなかった。

　芙由らしい傍若無人な発言ともいえるけれど、心なしか清の目も冷たい。

「そ、それは、あの、ちょっと……わたしは、旦那さまを」

「では、何が問題なの？」

　あらためて問われるとわからなくなって、口を噤《つぐ》む。

　恋情は、周りを見えなくする。だから、その感情が自分の心にあるのを認めたくなくて、美世はそれを口にするのを躊躇《ためら》った。

　黙っていれば、芙由の言う『努力して愛する差し出された相手』の位置に清霞を置いたままにしておける。そうすれば、誰も傷つかないからと。

　妻として夫を支えたいなら、『努力して愛する』関係だけで十分だから。

　前に芙由に啖呵《たんか》を切ったときは、美世は己の心の動きまでは想像していなかった。ただ、美世が理想としている清霞の婚約者、妻としてのありかたを主張しただけ。

　だが――。

「恋する相手と努力して愛する相手が同じなのは、幸せなことではなくて？　あなた、自分がどれだけ贅沢《ぜいたく》な悩みを抱いているか、わかっていて？」

「贅沢……」

「そうよ。親愛も、恋愛も、すべて夫に向ければいいなんて、幸せでしょう。本来、別々の男性に抱くかもしれない感情をひとりに対して向けられるのだから、面倒ごとも何もない、とても贅沢な悩みだわ」

くだらない、と吐き捨てる芙由。そこまで言われると、間違っているのは美世のほうだという気になってくる。

悩みを素手で打ち砕いてくるような芙由に、太刀打ちできそうにない。

「だいたいの女は済《な》し崩《くず》しに自分を納得させて、妥協しながら生きるのよ。愛は日常生活の延長にずるずると出来上がるだけの親愛だわ。でもあなたは違うのでしょう？　あなたが想うのは、夫としての清霞さんか、ひとりの男としての清霞さんか、どちら？」

答えは決まっている。美世は、顔を上げた。

「両方、です」

「欲張りね。……でも、悪くはなくてよ」

どこか不機嫌そうではあるが、これはきっと、芙由なりの激励だったのだろう。そう理解して、笑みがこぼれる。

わかりにくいものの、芙由の愛しかたがこういう形なのだ。

「ありがとうございます」

「褒めていないわよ！」

いきなり怒りだす芙由に、美世はまた笑った。

◇◇◇

身を翻し、その場をそっとあとにしようとする娘に向かい、正清は起き上がりながら声をかけた。

「げほっ、もう行くのかい？」

振り返った葉月《はづき》は少しだけ寂しそうな、しかし、すっきりと晴れやかな表情を浮かべて笑みを浮かべる。

「まあね。美世ちゃんがお母さまと会うって言うから、助けが必要かと思って来たけれど、珍しくお母さまが素直に人を励ましたあとに入っていくのもね」

葉月が宿を訪ねてきたのは、つい先ほど。美世たちが訪ねてきた時点で、正清が久堂家本邸に連絡を入れたのだ。

慌ててやってきた葉月は、書き置きひとつで飛び出した美世の身を案じていた。

前のめりに突っ込んでいきそうな勢いだったが、美世と芙由の話すのを聞いていて、何か思うことがあったのだろう。

「悔しいわ。私には、ああいうことは言えないもの。……でも」

葉月は、にやりと口元を歪《ゆが》める。

「お父さまこそ、いいのかしら？　お母さま、浮気を推奨していたけれど？」

「うっ」

正清は大袈裟《おおげさ》に胸を押さえ、呻《うめ》いてみせた。

芙由の衝撃の発言についつい膝の力が抜けてしまい、廊下に崩れ落ちる羽目になったが、もちろん本気ではない。

芙由が浮気などするはずがないのだ。

あんなふうに義娘に諭しておいて、芙由自身も夫である正清しか見ていないのは、長い付き合いでわかっていた。

正清も芙由も、互いにどこかしら捻《ひね》くれた愛情を向け合っているのも。

けれど、それが二人の最適なありかただ。

「相変わらずね。……二人とももう若くないんだから、ほどほどにね」

娘の呆《あき》れ顔《がお》に、正清も相好を崩して応じる。

秋に会ったときも思ったが、葉月も、昔に比べたら正清たちに対する態度も穏やかだ。彼女が結婚して久堂家を出る前は、もっと溝が深かったように思う。

変わったのは時間のおかげか、あるいは久堂家の新たな家族のおかげか。

どちらにしても、正清にとっては喜ばしい変化だった。

「葉月」

「何かしら」

「大海渡《おおかいと》くんは、無事だそうだよ。それどころか、政府のほうで元気に悪徳政治家たちと睨《にら》み合《あ》っているらしいから、安心しなさい」

美世が訪ねてくる少し前、帝都に出てきてすぐの段階で、正清は実は各所への連絡だけは済ませてあった。

結果、政府や軍の現状に関する詳しい情報も少しは耳に入っている。大海渡の動きについても、そこで情報を得られたのだ。

葉月はぐっと何かを堪《こら》えるように唇を嚙《か》み、けれども、瞬時に元の表情に戻る。

「そう。よかったわ。連絡がつかないっていうから、何事かと思ったけれど」

「ごほっ。軍の中枢はもう甘水の手に落ちているけど、政府のほうはどうも力が拮抗《きっこう》して膠着《こうちゃく》しているようだし、そんなに血生臭いことにはならなそうだから。彼は心配いらないと思うよ」

むしろ、政府まで甘水に乗っ取られていたら帝国は終わりだ。軍が落ちただけでも、諸外国にそのことが知れれば大惨事になりかねない。

（……戦争になるかもしれないね）

情報統制はまだ生きているので、軍本部が落ちたことは漏れていなくとも、少なくとも漠然とした国内の混乱は列強に伝わっているはず。

これから甘水が片付いても、外交上の難局は避けられない。

軍の要職に就く大海渡が苦労するのはおそらくこの後。軍や国を非難する方向へ高まりつつある世論を落ち着かせ、混乱を鎮め、諸外国と渡り合う必要がある。

「……心配なんてしていないわ。あんな人」

「そうかい」

「私が来ていたこと、美世ちゃんには内緒にしておいてね、お父さま。気を煩わせたら悪いもの」

もちろん、と正清がうなずいてみせると、葉月は「あ、そうだ」と続ける。

「二人とも、こっちにはいつまでいらっしゃるの？」

正清と芙由が帝都に出てきたのは捕縛される前、自身の危機を知っていたらしい清霞から連絡を受けたからだ。自分に何かあったときは頼むと。

隠居した身である以上、特に手を出したりすることなく、成り行きに任せて傍観に徹しているつもりだったが、美世の頼みを快諾してしまったのでそうもいかない。

とすれば、小旅行で済ますのは無理だろう。

「どうせなら、結婚式までいようかな」

「そう。だったら、本邸のほうに泊まればいいのに」

正清は内心で驚いた。先刻の発言然《しか》り、芙由を毛嫌いしている葉月は、絶対に同じ屋根の下で母親と過ごすのを嫌がると思っていた。

「しばらく宿を堪能《たんのう》したら行くよ」

正清の答えに満足したのか、葉月は微笑《ほほえ》みながら、今度こそ踵《きびす》を返《かえ》す。

手をひらひらと振って去る彼女に、正清もまた、綿入れの袖から手を出して振り返したのだった。

◇◇◇

普段ならばどちらかというと閑散としている対異特務小隊の屯所前は、大勢の民衆が殺到していた。

美世は清とともに、密《ひそ》やかに近くの建物の陰に隠れる。

「税金泥棒！」

「この国賊め！　帝国から出ていけ！」

口々に叫ぶのは、服装も性別も年齢もさまざまな一般の帝国民だ。

中には『帝国の敵』などと書かれた板や横断幕を掲げている者や、記者らしき風貌の者、閉じられた門を乗り越えようとする者までいる。

皆、異能心教および平定団《へいていだん》の啓蒙《けいもう》活動により、対異特務小隊に不信感を抱いているのだろう。

異形《いぎょう》や異能の存在を隠す政府。異形を放置しているにもかかわらず、一丁前に俸禄《ほうろく》を受けとる対異特務小隊の隊員たち。

民のことを何も考えていないと、非難が集まっているのだ。

年明けすぐの頃よりは減ったものの、今でも、毎日どこかの新聞ではそういった記事を載せている。

「……すごい人ですね」

緩んだ襟巻きを少し上げて、美世はため息を吐《つ》いた。

明田屋をあとにした美世と清は午後、対異特務小隊屯所を訪ねてきていた。無論、なんとかして彼らを自由に動かすため——だったのだけれども。

実際には、特に見張りのような者の姿はなく、障害というと、この大騒ぎである。これでは人混みにもまれ、屯所に近づくことすら難しい。

「どのみち最初から普通に入れるとは思っていないが」

清が、冷静に呟《つぶや》く。

「どうしましょう？」

「裏に回ろう」

清の案内で、人混みに巻き込まれないよう、大回りをして屯所の裏手に出る。屯所の裏の塀には通常は使われない、小さな扉がついている。

どうにかして鍵を開けられれば、中に入れるかもしれない。

こちらは表とは一転、ほぼ普段どおりの静けさだった。

見張りの軍人は立っておらず、ちらほらと、門に殺到している人々と同じ目的と思われる男女数人がうろつくばかり。

「……見張りがいないのは僥倖《ぎょうこう》だが、見られていると入りづらいな」

清のぼやきにうなずき、美世はしばらく待つ。そうして、往来する人がちょうど途切れたときを見計らい、清の合図で扉に急いで近づいた。

「鍵は……開いていますね」

「みたいだな」

いつもは鍵がかかっているそうだが、清が扉を押すと大した手ごたえもなさそうに、わずかに蝶番《ちょうつがい》を軋《きし》ませながら、内側へ開く。

何やら不法侵入のようで後ろめたさを感じつつ、清が先行し、美世はそのあとをついて屯所の敷地《しきち》内に入っていった。

見覚えのある水場などの前を横切り、念のため正面玄関に回るのは避けて、裏口から建物の中に踏み込む。

「だ、大丈夫ですよね……？」

裏口付近に人の姿はない。

話に聞いたところでは、隊員たちは行動を制限されて帰宅すらままならず、屯所の出入りや式による連絡なども、甘水の指示で厳しく監視されているということだった。

つまり、所属する隊員たちのほぼ全員が今はこの屯所内に閉じ込められているはずなのだ。

入ってすぐに誰かと鉢合わせするかと思っていた美世は、むしろ静かすぎることに不安になってくる。

「どこかに集まっているのかもしれない。まさか全員、甘水側の異能者に死体にされている、などということはないだろう」

言って、清は廊下を大股で進んでいく。

誰にも会わないまま、二人は清霞の執務室までやってきた。

「勝手に入っていいのでしょうか……」

「勝手ではない。主《あるじ》がいいと言っている」

まったく臆さずに清は執務室の扉をそのまま叩《たた》きもせずに、いきなり開けた。

「え」

美世は、咄嗟《とっさ》にそう小さく声を上げることしかできなかった。

清霞が机仕事をするのに使っている執務室。ついひと月ほど前には何度か出入りすることもあった室内に、大きく変わったところはない。

しかし。

執務室の中央、敷かれた絨毯《じゅうたん》の上に――軍服を着た人が、俯《うつぶ》せに倒れている。

「あ、おーい。……ん？」

倒れた人とは別に、清霞の机に誰かがいて、こちらに手を振ってきた。

（どういう状況なの？　わ、わたしは、どうしたら！）

二人の男を見比べ、美世は絶句して動けない。どこにどう言えばいいのか、状況の意味がわからなすぎて、頭が働いてくれない。

そうしているうちに、机で手を振ってきた人物が、ひょこひょこと寄ってきた。

原色が鮮やかな、派手な花柄の羽織《はおり》と着流しを纏《まと》い、花々の間をひらひらと自在に飛び回る蝶《ちょう》に似た、遊び人のごとき風体の若い男。

対異特務小隊隊長のための椅子になぜか我が物顔で腰かけていたのは、辰石一志《たついしかずし》だった。

一志は床で行き倒れている人物を軽い足取りで避け、美世の前にやってくる。

「やあやあ。美世ちゃんじゃない」

「ええと、あの、こんにちは、辰石さん」

「こんにちは」

美世が挨拶すると、一志も挨拶を返しながら、けれども、その双眸《そうぼう》はまじまじと美世の隣に立つ清を見つめていた。

穴が空きそうなほど見つめられた清は、不快そうに顔をしかめる。

「うーん。……ねえ、ぼく、いくつ？　もしかして、久堂さんの隠し子？」

一志が言ったのと同時に、清の小さな拳が思いきり一志の腹に刺さった。

「うぐ」

「戯言《たわごと》は相手を選んで口にするんだな」

清の冷酷な瞳が、腹を押さえて蹲《うずくま》った一志を見下ろす。魔王か、魔人ともいうべき一片の慈悲さえ感じさせない眼差《まなざ》しは、清霞とそっくりだ。

次いで、一志の背後で倒れていた人物がまるで何かにとり憑《つ》かれた屍《しかばね》のように、ゆらり、とおもむろに立ち上がる。

「お、おぉ～」

しかも、奇妙な呻《うめ》き声まで上げ始め、ゆらり、ゆらり、としだいにこちらへ迫ってきた。

「あ、その、辰石さん。後ろ……」

震える指で美世が指し示すと、蹲っていた一志がよろけながら振り返る。

「ああ、五道《ごどう》くん。起きたんだ」

どうやら動く屍ではなく、五道だったらしい。

げっそりとやつれた五道は、一志を突き飛ばすと何を思ったか、清の前に跪《ひざまず》いてその両手を強く握った。

「て、天使が見える……ついに俺を迎えに来てくださったんですね……。なんか隊長に似ているのが解《げ》せないんですが、この際、気にしません。さあ、俺を天国へ――」

「現実を見ろ、馬鹿者」

清は凍《い》てつく目つきで握られた手を振り払い、五道の頭に拳骨《げんこつ》を落とす。拳骨を食らった五道は「うげ」と鈍い呻きとともに顔面を床に強打した。

唐突に繰り広げられた悲惨な絵面に、美世は口許《くちもと》を押さえる。

が、強い衝撃を受けたことで正気を取り戻したのか、再び起き上がってきた五道はいくらか正常な顔つきになっていた。

そこであらためて清がその視界に入ったらしく、大袈裟《おおげさ》に瞬《まばた》きする。

「え〜⁉ なんで⁉ 隊長が小さくなってる！」

よほど驚いたのか、五道が大声で叫ぶと、清は鬱陶しそうに両手で耳を塞いだ。

「うるさい……」

「え、だって、なんで？ 隊長、小さくなりすぎじゃないですか。ははは、なんだこれ面白——」

ついには腹を抱えて笑い出した五道の脳天に、再び拳が突き刺さる。

先ほど、自分も腹に拳を受けたのを棚上げしたらしい一志が、呆《あき》れた笑みで五道を見下ろしている。

これでは話が進まない。美世は大きく息を吸い、心を落ち着けてから口を開いた。

「皆さん、そろそろよろしいですか」

大音声ではないが、美世の声は執務室によく通り、三人の男性陣は一気に黙り込む。

現状がいったいどうなっているのか、今後どう動くべきか、相談事は多い。早く本題に入らなければ、日が暮れてしまう。

各々、執務室内の肘掛け椅子やソファに座り、さっそく清が口火を切る。

「で、なぜ五道は倒れていて、辰石がこの部屋にいるんだ」

訊《き》かれた一志は笑顔で受け流そうとし、五道はわっと両手で顔を覆って早口で愚痴をまくしたてた。

「大変だったんですよ！　隊長がいないから俺が隊の舵《かじ》をとることになって、しかも甘水の命令を受けた本部のやつらに睨《にら》まれて屯所から出られないし。なのに、隊の血気盛んなやつは『早く隊長を助けに行きましょう！　あんな見張りなんか蹴散らせばいいんです』とか言い出すし。それはまずいので、必死で止めたら逆に俺が反感を買ってしまって。挙句、外は毎日あんな感じで大勢押しかけてきているし～！」

想像するだけで、五道の苦労に同情してしまう。どうしようもない状況と、部下たちとの間で板挟みになっていた彼の心労はいかほどか。

美世も、あまりのことに胸が痛くなってくる。

「皆、もう閉じ込められて苛々《いらいら》して、空気は日に日に悪くなって。俺たちは身動きがとれないのに異形《いぎょう》に関する案件はいつもどおり次々に送られてきて、『巡回すら怠けるのか』なんて苦情まで入るようになるし。そもそも、男ばかりでこんなところに閉じ込められたまま共同生活とか無理なんですよ〜！　幸い、食料は言えば買い出しに行ってもらえましたけど、料理も掃除も洗濯も、それぞれ係を振り分けたはずなのに喧嘩《けんか》になるし！」

かなり情緒不安定な五道に代わり、一志が説明を引き継ぐ。

「そんなときに大海渡さんから連絡が来てね。どうやら見張りを外せるように掛け合ってくれて、ようやく自由に動けるって聞いたら、五道くんは安堵《あんど》のあまり倒れて気絶しちゃったんだよ」

五道のやつれようを見、訴えを聞くに、さもありなんとしか思えない。

清は話を聞いて納得したのか、息を吐く。

「で、今は百足山《むかでやま》あたりが指揮して、道場かどこかで戦支度でも始めたということか」

「まあ、そんなところ」

肩をすくめる一志は、自分にはまったく関係ないとでも言いたげな、他人事《ひとごと》のような口調だ。

そこで、美世は疑問を口にした。

「辰石さんは、どうしてここへ？」

一志は優雅な仕草で足を組むと、ぱらり、と派手な扇子を開いて楽しげに目を細める。

「ぼく？　ぼくはね、久堂さんが捕まって皆困っているだろうなって、宮城《きゅうじょう》から屯所に戻った対異特務小隊を冷やかしにきたら、一緒に閉じ込められちゃって」

「……自業自得」

ぼそり、と呟《つぶや》いたのは、落ち込みきった五道。

確かに冷やかそうなどと余計なことを考えなければ、閉じ込められなかったはずである。

ともあれ、これで見張りがいなかった理由はわかった。

大海渡も無事にしていて、しかも甘水に対抗するために働きかけてくれている。対異特務小隊が動ける状態になった今、美世にとっても好機だ。

「冗談はともかく、これからどうするの？　そこの式くんが、指示を出してくれるのかな」

五道を完全に無視した一志は、開いた扇子で口許を隠し、清を見る。

清は一志の探るような視線に動じることなく、平然として首を横に振った。

「いや、指示は出さない。私は式にすぎないから。これからのことは――」

美世は清に水を向けられ、深くうなずく。背筋を正し、膝の上の両手を軽く重ねて少しだけ力を込めた。

「午前中に、久堂のお義父《とう》さまに頼んで助力を請うてきました。皆さんが異能心教と事を構える前に、わたしたちは明日にでも旦那さまを助けに参ります」

五道が息を呑《の》み、一志もまた目を丸くする。

室内の空気がどこか硬質な緊張を帯び、けれども、美世はひるまずに真《ま》っ直《す》ぐ二人と向き合った。

清霞を救出するには、美世の力だけではさすがに不十分で、彼らの理解と協力が不可欠だ。

「危険すぎる……！」

初めに反対の声を上げたのは、五道だった。

当然だ。非力なことがわかりきっている上司の婚約者が、自ら死地に飛び込もうと言うのだから。

甘水の懐に踏み込むのは、最初に美世がしようとしていたことと変わらない。

けれど、あのときと今とでは、心持ちも備えも明確に違う。この、すっと脳の芯から冷えて冴《さ》えていく感覚は、前にはなかった。

（……わたしは弱いし、浅学だわ）

美世が敵《かな》う相手は、たぶん、軍本部にはひとりもいない。だからといって、あきらめては何も解決しないのだ。

「それでも、わたしは行きます」

「いや、そんな」

なおも止めようとする五道を制したのは、一志だった。彼が閉じた扇子を静かに五道の前に出して留《とど》めると、五道は怪訝《けげん》そうに押し黙る。

「――わかった。だったら、ぼくがお供するよ」

なんということもなさそうに、あっけらかんと言い放った一志を、五道がぎょっとして振り返った。

美世も、まさか一志から提案があるとは思っておらず、驚きに一瞬だけ呼吸を止めた。

「は？　おま、なんで」

「ぼくが適任だからだよ。五道くんは頭が固いねぇ」

涼しい顔で言う一志は、あまりに普段どおりの態度で、本気なのか冗談なのか見分けがつかない。

ただ、奥底にそこはかとない真剣さを感じさせ、おそらく冗談などではないと、美世自身を含めたその場の全員が察しているようだった。

「本当に、よろしいのですか」

そのつもりはなかったが、あたかも死の覚悟でも質《ただ》すような、仰々しい問いかけになってしまう。

だが、一志はことさら重くとらえた様子もなく、「もちろん」とうなずく。

「できれば、面倒は避けたいところだけど。仕方ないよ、久堂さんがいないとぼくらはまるきり烏合《うごう》の衆だからね」

烏合の衆……と、美世は口の中で鸚鵡返《おうむがえ》しに呟いた。

今しがた聞かされた五道の苦労を思えば、確かにそうかと納得せざるをえない。異能者はより強い者に常に付き従う、野生の獅子《しし》の群れのようなものなのかもしれない。

無論、五道にそれを率いる資格がないというつもりはないけれど。

「ありがとうございます。実は、最初から辰石さんにお願いしようかと思っていました」

美世は一志に丁寧に頭を下げる。

いくら対異特務小隊が四面楚歌《しめんそか》であるとはいえ、軍に所属する五道たちは完全な自由行動とはいかない。

その点、軍属ではない一志ならば、何をしようと責任を問われる立場ではないし、誰かを巻き込むこともない。

まさに助力を請うには最適な人物だった。

「あ、やっぱりね。じゃあ、決まりだ」

得意げな顔でぱちり、と扇子で手を打った一志を、もの言いたげに見遣《みや》る五道。

それは自分で清霞を助けに行けない悔しさや、一志の身を案じ、今後を憂う、複雑に絡み合った感情を表しているように、美世には思えた。

静まり返った部屋の外、遠くから人の声が聞こえてくる。

戦支度を始めているという隊員たちの声か、あるいは、外で対異特務小隊の在り方に疑問を投げかける民の声か。

重かった空気が、ふっとわずかに緩んだとき、清が息を吐いた。

「五道」

「……はい」

五道の返事は、不貞腐《ふてくさ》れた響きを帯びている。

「あとは、任せる」

「はい」

清の言葉で、五道はすぐさま襟を正し、恭しく一礼した。その顔は、すでに一小隊を率いる先導者のものへと変わっている。

けれども、間髪を容《い》れず憂鬱なため息を落とした。

「……そんなふうに言われたら、俺からはもう何も言えません」

俺の肩にも、いろいろと乗っかっていますからね、と眉尻を下げる五道に、美世はほっと胸を撫《な》で下《お》ろし、清も小さくうなずく。

それから、一同で今後の計画を詰め、相談はまとまった。

美世と清、そして一志は明日、さっそく秘密裏に甘水が巣食い、清霞が囚《とら》われている軍本部へと乗り込む。

先に五道たち対異特務小隊や正清に集めてもらった異能者たちによる襲撃を行い、陽動とする案もあったが、戦闘が激しくなればどう繕っても軍人に見えない美世たちは逆に目立ち、潜入が難しくなる。

よって、先に美世たちが軍本部へ入り込み、清霞の元へたどり着いた後で、五道たちには騒ぎを起こしてもらう。

異能者が大挙して乗り込めば、甘水も己の兵をそちらに回さねばならず、必然的に内部は手薄になるため、美世たちは甘水本人と対峙《たいじ》できる――ということだ。

(新《あらた》さんが出てきたら……)

本当ならば、今この場にいてもいいはずの従兄《いとこ》について考える。

彼もまた厄介な戦力だ。異能者と人工異能者の勢力が正面からぶつかるとき、彼は前線に出てくるか、それとも甘水のそばに控えるのか。

五道や一志はどちらになった場合も考えているようだけれど。

（新さんは、必ずわたしたちの前に姿を現すわ）

美世は確信している。かといって、不測の事態に備えておくに越したことはないので、強く主張するつもりはない。

ただ、彼も止めたい。美世の気持ちはそれだけだ。

「――と、いうわけで、こっちはこっちで準備を進めるので、美世さんたちはいったんここから出たほうがいいと思います。今日中は大丈夫でしょうけど、いつ、監視の目が復活するかもわからないので」

五道に言われ、美世は首肯する。

せっかく別行動する計画を立てたのに、美世たちが屯所から出られなくなって自由が利かなくなったら大問題である。

男性ばかりの屯所内で夜を明かすのも、さすがに未婚の淑女として憚《はばか》られた。

「よかった。ぼくもついていっていいよね？　ここってむさ苦しいし辟易《へきえき》していたんだよね、実は」

大仰に喜ぶ一志を、五道はねめつける。

「悪かったな、むさ苦しいところで。ま、お前の場合、綺麗《きれい》なお姉さんがいないならどこも不満だろうけど～」

「わかっているじゃない」

本当に、寝ても覚めても何かにつけていがみ合う二人だ。

だが、今はその平常どおりの彼らの様子に、安心する。あとは、ここに清霞や新が戻ったならば――。

必ず、成功させよう。今度は、美世が皆の力になる番だから。

（たとえ微力でも、わたしも力を尽くそう）

美世は言い合いをする五道や一志の声をどこか遠くに聞きながら、温かな日常を脳裏に思い描いていた。

◇◇◇

日が暮れ始め、宵闇が迫る逢魔《おうま》が時《とき》、美世たちは対異特務小隊の屯所をあとにし、一志を連れて再び薄刃家を訪れていた。

急に客人を伴って戻ってきた美世たちを、義浪は何も言わずに歓待した。

「へえ、薄刃家ってどんなところかと思ったら、案外普通だね」

薄刃邸に泊ると美世が言ってから、移動中もずっとわくわくと胸を躍らせていたらしい一志は到着するなり周囲を見回し、そんな評価を下す。

昔からの顔見知りである一志が薄刃家にいるのは、どうにも奇妙な感覚だ。

「美世」

「はい……？」

皆で簡単に夕食を済ませたのち、一階の客間に一志を残し、いつもの部屋へ清と向かおうとした美世を義浪が呼び止める。

「今日はどこへ行っていたんだ？」

「はい。久堂のお義父さまとお義母《かあ》さまのところと、対異特務小隊の屯所です」

義浪から自分を案じる空気が感じられて、美世は素直に答えた。

いよいよ明日が、運命の日となる。下手をすれば命を失う――生と死の境に似た、拗《こじ》れに拗れて絡まり、澱《よど》んだ因縁を辿《たど》って行き着く先。

決戦前夜ともいえる今夜、帰る場所があってよかったと心底思う。

久堂家本邸は帰るには気まずく、清霞の家は、寂しすぎるから。

「そうか。明日、なのだな」

多くを悟った表情で零《こぼ》す義浪に、美世はうなずく。すると、祖父は老いた顔に弱々しい笑みを浮かべた。

「こんな気持ちになるのは、澄美を嫁に出したとき以来だ」

不意を突かれて、息を呑《の》む。

何もできず、ただ見送るのは苦しい。思い出すのは、謂《いわ》れのない罪で捕まり、去っていった清霞の背。

あのときほど、己の無力と、意気地のなさと、後悔を感じたことはなかった。

けれどもそれは、大切なものがほとんど掌中になかった頃には決して抱かなかった苦痛であり、歯痒《はがゆ》さだ。

「……心配してくださって、ありがとうございます。お祖父《じい》さま」

「美世……」

「わたしは、必ず戻ります。そうして春の結婚式に、お祖父さまを招待しますから、絶対にいらっしゃってくださいね」

明日には、どうなっているかわからぬ命。まるで、斎森家で過ごしていた時のようだ。

しかし、決定的に違うことがある。

今の美世は、未来に希望を抱いて生きている。毎日、黄泉《よみ》へ誘《いざな》われることばかり期待していた昔とは、心持がまったく異なると言い切れる。

死んでもいい、なんて、もう思わない。これからも、生きていく。

（でも、わたしには旦那さまが必要だから）

美世は、義浪にできる限り晴れやかに、微笑《ほほえ》みかけた。

「そうだな……楽しみだよ」

義浪と別れ、二階の部屋に入り、美世は音を立てずに扉を閉める。刹那、どっと疲労感が溢《あふ》れて力が抜け、扉に寄りかかってへたり込んでしまった。

「はあ……」

ひと言も口を挟まないままついてきていた清が、うつむいた美世の顔を覗《のぞ》き込んでくる。

「大丈夫か」

「はい。大丈夫です」

答えたものの、手も足も、みっともなく小刻みにわなないている。

本当は、不安で仕方ない。明日のことを思うと、上手《うま》くできるか、ちゃんと全員で無事に帰れるのか、緊張で胸が張り裂けそうなほど苦しい。

気丈に振る舞っていなければ、すぐにでも一歩も動けなくなりそうだ。

「——やはりお前は、強がるのが上手いな」

え、と、顔を上げる。

清の口調は常に清霞とそっくりだけれども、今の言葉はまさに清霞が口にしたかのようだった。

そんなはずはない。清は清霞の姿形を模した式であって、清霞自身ではない。

驚きに固まる美世を、清は優しい瞳で見つめた。

「そんなに恐れるな。私が、何があってもお前を守ると誓うから」

清の顔が近づいて、こつり、と額と額が合わさる。体温がなく、いつも冷たいはずの清から、ほのかな熱が伝わってくるように思えた。

(温かくて、ほっとする……)

式である清には鼓動も吐息もない。けれど、固く強張《こわば》っていた心も身体《からだ》もゆっくりと解《ほど》けていく。

「ありがとう、清くん」

震えはもうすっかりおさまっていた。ほ、と息を吐くと、気のせいか身体も少し温かく感じられる。

「安心して眠るといい。何なら、子守唄でも歌ってやる」

「……子守唄」

ああ、いいかもしれない。幼い頃、世話をしてくれていた花《はな》に歌ってもらったのを思い出しながら、清が歌うのを想像すると微笑ましい。

髪を解き、寝間着に着替えると美世はベッドに横になる。

あんなにも不安に満ちていたのに今はもう、すっかり夜の気怠《けだる》さだけが美世の身体を包んでいた。

「清くん。子守唄、歌ってくれるんですよね」

「ああ……仕方ない」

子どもに返ったような気持ちで傍らに腰かけた清にねだると、彼はうなずき、静かに歌い始めた。

高くて澄んだ、天使みたいに美しい声だった。

ゆったりとした曲調で、すぐに眠気がおとずれる――そんな気がしたけれど。

（あら……？）

気のせいだろうか。もっと安心できて、聞き入っているうちに眠ってしまうかと思ったのにどうも旋律に引っかかりを覚える。

綺麗な歌声である反面、なんとなく不安になる節回しだ。

（もしかして音がずれているのかしら）

清の口ずさむ曲を美世は知らないが、おそらく正しい音程ではないのだけはわかる。

しかし、薄《うっす》らと目を開けて清の顔をうかがっても、平然としていて特にその間違いを清が気にしている様子はない。

（……ふふ）

式は歌が苦手らしい。新しい発見に心が和んで、また目を閉じる。

子守唄を聞いても、緊張がなくなったわけではない。それでも、いつしか確かに前向きな気持ちに変わっていて、心中は穏やかだった。

わずかに調子外れな歌に乗って、だんだんと意識が落ちていく。

強がりは美世の特技だ。明日は、明日だけは、人生でまたとないくらい精一杯、強がってみせよう。

不安を押し隠すためでなく、前へと進む力として。

美世は、懐に入れたお守《まも》りを上からそっと押さえながら、眠りについた。

三章　閉じた夢の先

吐息の白さが、ひどく濃い。

美世《みよ》たちが薄刃《うすば》家を出、密《ひそ》かに軍本部へと向かった朝は一段と冷え込み、手足の末端から凍《い》てつくように寒かった。

まだ日が昇る前、辺りが薄闇に覆われている時間。

夜と朝の境、月も太陽もない薄藍の空の下、美世と清《きよ》、そして一志《かずし》の三人は、まるで散歩でもするかのような足取りで、しかしやや切迫した面持ちのまま軍本部へとやってきた。

ここへ来るのは何度目だろうか。

美世にとっては、来るたびにあまりいいとはいえない印象を抱かされる場所、もはや鬼門といえそうだ。

以前の不穏な静けさとは違う、まだ多くの人が寝静まり、人の気配がほぼない街中には、軍人たちの姿も少ない。

朝になるまであと何刻か、というこの時刻は、見張りの気が緩みやすい。

だからといって、軍の正門から人の目がなくなることなどほぼないが、ちょうど今朝、この瞬間に軍本部の門に誰もいなくなることを、美世は『視《み》ていた』。

「行きましょう」

美世は真《ま》っ直《す》ぐ前を見つめ、清と一志を促す。

時刻はきっかり狙ったとおり。三人が歩いていくと、数日前に来たときはあれだけ軍人の目があった門は、開かれたまま無人でそこにある。

誰にも咎《とが》められることなく、ごく自然に美世たちは軍本部に踏み込んだ。

「まさか、軍本部の警備がこんなに笊《ざる》だったとはね。もう笑うしかないよ」

一志が通り抜けてきたばかりの門を振り返りながら、呆《あき》れたように言う。それに、美世は少し笑いながら、首を横に振った。

「いつもは違うと思います。本当に偶然、今日のこのときに人が誰もいなくなってしまっただけかと」

「それにしても、警備体制を見直す必要があるな」

清が深刻な面持ちで呻《うめ》いた。

美世も、もちろん清もわかっているだろうが、警備体制が緩くなってしまったのは甘水《うすい》のせいでもある。

甘水は、己に反抗するおそれのある軍の幹部、およびその部下には仕事を任せていないはずだ。つまり、平時よりも純粋に人手が少ない。

そしてその状態はこの後、甘水を排除できたとしても続く。

なぜなら、甘水に与《くみ》した者を元どおりの地位には置いておけない。今とはそっくり逆の状況になるというわけだ。

小声で話しつつ、美世は『視て』把握してある未来に従って、軍本部の敷地《しきち》内、舗装のされていない砂の地面を進んでいく。

各隊の詰め所に兵舎、病院。やや離れた場所には広大な訓練場や車庫などもある。外の瓦斯灯《ガスとう》はぽつり、ぽつりと灯《とも》っているが、建物の中はどこも、まだ灯《あか》りは点《つ》いていない。

目指すべきは清霞《きよか》が囚《とら》われている獄舎、次に甘水が潜伏しているであろう司令部だ。

「まるで道順を知っているみたいだ」

あまりにも迷わずに進んでいく美世を見て、一志が呟《つぶや》く。

「はい。知っていますから」

美世は夢で『視た』とおりに歩いているだけだ。ここまで、夢の予知と何ら相違なく来られている。

いよいよ建物の間隔が狭まり始め、密集した場所に入っていく。その中でも、獄舎は他とは一線を画す異彩を放っていた。

軍本部に設けられた牢《ろう》の定員は多くない。刑務所とは違い、どちらかというと留置場の役割のほうが大きいからだ。

けれども、よじ登るのも難しい敷地を囲む高い塀、建物自体の壁はすべてレンガ造りで、窓には鉄格子が嵌《は》められているため、やはり特別に強固なように見える。

正面にそびえるのは、二階建ての管理棟。その内側を外から見ることは、倉庫などに阻まれて叶《かな》わない。

軍の施設はどこも固く、冷たい印象を受けるが、ここは際立って物々しい。

美世はごく、と息を呑《の》む。

これから、この中へ入っていかねばならない。さらに、強力な異能者である清霞が囚われているのは最奥とも言える地下の特殊な牢獄だ。

たとえ先を知っていても、潜入は容易ではない。

「ここからは、何度か軍の方と会ってしまうと思います。そのときは——」

「ぼくらの存在を広められないうちに、迅速に対応させてもらうよ」

美世の言葉に、一志はすでに承知の上といったように笑みを浮かべ、清も黙ってうなずく。

（よかった、すごく頼もしいわ……）

ひとりではこうはいかなかった。

ほっといくらか強張りを解き、美世も二人にうなずきを返した。

さすがに管理棟の正面玄関の鍵は開いていない。三人は脇に回り込み、鉄格子が嵌まっていない管理棟の、一番端の部屋の窓から侵入することになる。

（この窓の鍵が開いていたはず）

美世は手を伸ばすが、窓の位置がやや高く、窓際の植え込みが邪魔をしているのもあって、あと少しというところで届かない。

すると、無言で懸命に手を伸ばす美世の背後から、一志が手を伸ばしてあっさりと重たい窓を開けた。

振り返れば、飄々《ひょうひょう》とする一志と視線がかち合う。

彼は美世が何かを言うのを待たず、真っ先にふわり、と羽織《はおり》をはためかせて舞い上がり、軽業師の曲芸かと思うほど軽々と開いた窓に降り立った。

美世自身はあまり実感がないが、あらためて異能者の身体能力の高さを思い知らされる。

一志は持っていた扇子を懐にしまうと、美世のほうへ手を差し出した。

「……ありがとうございます」

かろうじて聞こえるか聞こえないか、といった囁《ささや》くような小声で礼を言い、美世はその手に掴《つか》まって、なんとか中に入ることができた。

しんがりを務める清も、身軽に窓を飛び越えて室内に音もなく着地する。

「資料室か何かかな」

静かに窓を閉じつつ、一志は首を傾《かし》げた。

侵入した部屋は、たくさんの書物や書類が木製の棚に収められ、並べられている。独特の埃《ほこり》っぽさといい、一志の言うとおり、物置きか資料室といったところだろう。

人が滅多に近づかなそうな部屋で、忍び込むにはもってこいだ。

「……戸締りの確認が甘すぎる」

清はまたもや、眉間にしわを寄せてぼやく。

人があまり近づかない部屋だからこそ、誰かが窓の鍵をかけ忘れたまま、ずっと気づかれず開いたままになっていたのだろうが、施設が施設だけに不用心きわまりない。

今回に限っては好都合だったものの、あとで注意が必要かもしれなかった。

◇◇◇

一志は内側から資料室らしき部屋の扉の鍵を開け、多少の隙間を作って外を確認する。

幸い、管理棟の廊下はほのかな常夜灯が灯っているのみで、人の姿も気配もなく、寂然としている。滞留する湿気《しけ》た空気はねっとりと纏《まと》わりつくようで、不快だけれども。

背後を振り返り、固い面持ちでこちらをうかがう美世と清にうなずきをひとつ。

彼女らもうなずきを返し、一志は忍びやかに軋《きし》ませないよう扉を開けて廊下へ出た。

(なかなかの緊迫感だね)

生まれて初めて異形《いぎょう》と対峙《たいじ》したときも、こんなには張りつめていなかった。今は肌に刺さる鋭い空気に、武者震いしそうなほど。

一志は、道案内をするように先を歩き始めた美世の後ろ姿を見る。

その後背は凛《りん》として、真っ直ぐに伸びる。その足取りは清楚《せいそ》かつ優雅さを秘め、浮き足立つ様子はいっさいない。

あまりにも細く、小さな背であるのに、宮殿の歩廊を歩む姫君のような堂々たる威厳すら感じるようだ。覚束《おぼつか》なさなどまったく感じさせない。

廊下の曲がり角に近づき、一志は率先して索敵を請け負う。角の先、行く手に人の目がないか確認し、無人であるとわかるとまた進んでいく。

——と、不意に後ろで扉が開く音がした。

きい、と軋み、無造作に開かれる扉から、その動作の主の姿が見えるよりも早く、音もなく駆け寄り、背後をとって腕の力で締め上げる。

「ぐ……」

一志たちの顔さえおそらく確認できぬままに、壮年の軍人は短い呻きとともに意識を失い、崩れ落ちた。

殺しはしていない。むやみな殺生など、しても何もいいことはないのだ。

「ふう」

開いた扉から室内に他には誰もいないことを視認して、床に横たわった軍人の上を跨《また》いで越えながら一志が吐息を漏らすと、美世と清がすぐさま近寄ってくる。

「お見事でした」

「露払いが今日のぼくの仕事だろうから、当然だよ」

このくらいの荒事なら、軍属でない一志でも慣れっこだ。

一志は異能があまり強くなく、扱いもお世辞にも上手《うま》いとは言えない。

だが、いつか家を継ぐ以上は何もできません、では通用しないので、異能以外でお役目に使える技術を磨いた。

得意とする解術はそのひとつであるし、基本的な体術もひととおり修めている。

弟は一志をただ遊び歩いている人間だと思っていたようだが、これでも、遊びの片手間に鍛錬してはいたのだ。

「……はい。ありがとうございます」

倒れた男を悲しげに見下ろした美世は、眉尻を下げて微《かす》かな笑みとともに礼を述べる。

先ほど感じた気高さはまだ、失っていない。

（いかにも暴力が苦手なくせに、我慢しているって顔だ）

懐にしまっていた扇子を取り出し、口許《くちもと》を隠しながら一志は視線だけ彼女に向けた。

「先を急ぎましょう。……この方が姿を現さないことを不審に思った同僚の方が、しばらくするとここへ来ます」

美世はいやに具体的な未来予測を告げ、ひらりと袴《はかま》の裾を翻して踵《きびす》を返《かえ》す。

弱々しい表情を見せたのは、一志が倒した軍人を見遣《みや》ったときのみ。迷いなく前へと進む彼女からは、昔の名残りはわずかもうかがえない。

ただの強がり。そう断じてしまえば、そうなのだが。

その後、美世の先導で管理棟内を行き、管理棟と咎人《とがにん》たちの収容されている舎房の並ぶ棟の境にやってくる。

境界は渡り廊下となっており、そこに立ち入るには鉄の格子を越えなければならないが、当然、鍵がなければ天井から床までをきっちり塞ぐ格子を潜《くぐ》り抜《ぬ》けることは不可能だ。

一志は伸した軍人から奪っておいた鍵束を手に持ち、開錠した。

鉄格子を開いた場合に作動する仕掛けや術の類は、特に見受けられない。

(このまま進んでよさそうだね)

格子を開けてやると、微塵《みじん》も臆することなく、美世は軽く会釈してから渡り廊下を歩き始める。やはり、彼女はひと言も弱音を吐かず、不安そうな様子も見せず、震えのひとつも起こさない。

ああ、本当に変わったのだな。一志は胸中でそんなことを思った。

あの頃——まだ辰石《たついし》家が一志ひとりになる前、一志自身も青い少年であったとき、斎森《さいもり》家とは屋敷《やしき》も近く、親交があった。

斎森家の姉妹よりも少し年の離れた一志は家の外でませた遊びを覚えるのと、跡取りとして鍛錬を積むのに忙しく、彼女らと交流することはなかったが、それでも何かの折々にそのありさまを目にすることは多かった。

傍《はた》から見ても、一家の中で浮いている少女。それが一志の中の斎森美世だ。

陰鬱な色をやつれた面差しにいつも貼りつけ、うつむいて、視線が交わることはいっさいない。あたかも、地面を見つめることしか許されていないように。

潑剌《はつらつ》とした妹とは、まさに光と影。幸次《こうじ》以外は誰も美世に近づこうとせず、彼女は影法師と同じようにただそこに粛々とあるだけだった。

華などない。煌《きら》びやかさとは対照的な存在で、間違っても目を引く性質など持ち合わせていなかった。

それが、今はどうだ。

服装こそ、そこらのうら若き女学生然としているが、佇《たたず》まいから一挙手一投足に至るまで洗練されたやんごとなき身分の令嬢そのもの。

今なお目立つ華やかさはなくとも、一志がこれまで出会った女性の誰より美しい。

彼女が一歩踏み出すたび、澱《よど》んだ空気が清らかに澄んでいき、殺風景な空間に露に濡《ぬ》れた野花のささやかな香りさえ漂いくる気がする。

もう何者も彼女を日陰者とは思わないだろう。

「どうかされましたか？」

美世が振り向いて、問うてくる。一志はそれに、首を横に振った。

「何も。先を急がないとね」

のらりくらりと誤魔化し、渡り廊下を渡りきって罪人たちのいる寮棟へ侵入する。

まるで勝手知ったる家の中を歩むがごとき美世のあとを追いながら、今は遠くへと旅立っている、愚かゆえにからかいがいのある弟を一志は思い出していた。

(幸次、お前は救いようがない浅はかな甘ちゃんだったけど、女を見る目は確かだったらしい)

残念ながら、同じように見る目があって、さらに万能超人のような清霞に負けてしまったけれど、それは仕方ない。

うっかり漏らした半笑いを、不気味なものを眺める目で見上げる清を無視し、一志は徐々に広がる闇に羽織をはためかせた。

◇◇◇

地下へと続く階段は、寮棟の突き当りの床にぽっかりと空いた、吸い込まれそうな真っ黒な穴だった。どこか土臭さと饐《す》えた匂いが吹き抜ける冷たい風に乗って、鼻奥を刺す。

穴には、ここにも錠のかかった鉄格子が嵌《は》められており、手前に見える段差は急で狭い。

この先に人がいるとは、到底考えられなかった。

(夢で見たけれど、現実はもっと苦しい)

胸を押さえ、逸《はや》る気をどうにか落ち着ける。

気持ちは焦っても、行動は慎重に。言い聞かせていると、一志が持っていた鍵で錠を外した。

清が持ってきていた、最初の資料室のような部屋に備えつけられていたカンテラに、火を灯《とも》して掲げる。

「灯《あか》りが必要なこと、わかってたんだ」

独《ひと》り言《ご》ちる一志に首肯する。軍本部に侵入できる時間、道筋、獄舎に忍び込める場所、軍人と鉢合わせする瞬間、必要なもの。

すべて夢が教えてくれた。

けれど、その未来が確実ではないことも、知っている。もしかしたら、美世が知る以上にひどい状況がこの先に待っている可能性とて、皆無ではない。

そう思うと、ここまで決して怯《ひる》まず、及び腰にならないようにと奮い立たせていた心が挫《くじ》けてしまいそうになる。

（……旦那さま、どうかご無事でいてください）

強く祈り、美世は一度大きく深呼吸したのち、カンテラの光を頼りに滑り落ちそうなほど急な階段を下りていく。

一段、一段の幅は狭く、気を抜くと踏み外してしまう。

あらゆる緊張がないまぜになって喉が詰まり、息苦しい。手足の動きが鈍く感じた。

（――怖い）

間に合わなかったのではないか、夢で視《み》えたのは美世の願望でしかなく、現実はもっと残酷な結果を突きつけてくるのではないか。

悪いほうへ考え始めれば、際限がない。

恐怖に駆られ、止まりそうになる己の足を叱咤《しった》して、美世は確かに段差を踏みしめながら暗くて凍える寒さの地下へ下った。

鉄製の階段とは違う、じゃり、とした砂の感触を靴の底に感じ、美世は獄舎の最下階にたどり着いたのを悟る。

カンテラの光を翳《かざ》して辺りを照らすと、夢よりはるかに酷烈な地下の環境が垣間《かいま》見《み》えた。

掘ったまま、剝《む》き出《だ》しの土の壁。灯りがなければ、自らの手元すら見えない暗闇に、外より何倍も厳しい、鼻や口の粘膜すら凍《い》てつく寒さと湿気。

衣服を身に着けていても、みるみる身体《からだ》の熱が奪われていく心地がする。

こんな場所で、人は生きられない。

いやな汗が額にじっとりと滲《にじ》み、胸に去来するのは絶望に似た、嫌な予感だけだ。

美世のあとに続き、清と一志が微かな足音を響かせ降り立ったのを確認し、人がすれ違えるかどうか、という窮屈な地下壕《ごう》の通路を一列になって進む。

牢《ろう》の数は多くはなさそうだった。

通路の左側は土の壁、右側は牢になっており、牢のひとつひとつの間隔は広く空いている。そのどれもに人の姿はなく、ところどころ土が崩れ、荒《すさ》みきったがらんどうだ。

「ちょっと止まってもらっていいかな」

ふと、美世の背後で一志が口を開いた。

言われたとおりに足を止め、彼の指示ですぐ横にあった牢の奥をよくよく照らしてみると、そこには何か、祭壇らしき、紙垂《しで》のついた縄が張られ、細い木の枝が立てられた木製の台が設けられている。

一志は錆《さ》びつき、腐食した鉄格子の一部をやすやすと外し、その祭壇に近づく。

「やっぱり、術や異能の行使を阻害する術だね」

少し見遣ったただけで看破した一志の言葉に、はっと、美世は息を呑《の》んで清を見下ろした。

清は式、すなわち術だ。阻害されていても、平気なのだろうか。

「大丈夫……とは言えないけれど、この地下で術を使うことができないってだけだから、すでに術を使って作り出されたあとの式くんは無問題じゃないかな」

美世の懸念を察した一志が答え、それに清自身も、うなずいて肯定する。

「とにかくこれ、壊してしまうからちょっと待ってね」

一志は祭壇に向き直ると、手に持った扇子を一度ぱちり、と手のひらに打ちつけてから、今度はその扇子で軽く祭壇の表面を小突いた。

変化は歴然。

祭壇が朽ちたようにぱらぱらと脆《もろ》く崩れ落ち、地下の環境の厳しさは変わらないものの、締めつけられ、圧《お》し潰されそうに重苦しかった空気がはっきりと軽くなったのだ。

「すごい……」

さすが解術の専門家。その鮮やかな手並みに、自然と賞賛を口にした美世へ向かって、一志は茶目っ気たっぷりに片目をつぶってみせる。

遠くで、水の滴る音がした。

再び通路へ出た美世は、ぴちょん、ぴちょん、と一定の調子で鳴る音を聞きながら、無心で前へ進み続ける。

並んでいた牢の列はとっくに途切れている。けれど、どこにも清霞の姿はなく、両側が土の壁となった通路だけがまだ奥へ続いていた。

(本当に、本当に旦那さまはいらっしゃるのかしら)

だんだん心細さが満ちて、自信が薄れてゆく。

進めば進むほど、さらに寒さは増していき、闇も深くなっている気がして、疑心暗鬼になりそうだった。

「待って」

先ほどと同じく、一志が制止の声を上げる。

「人の気配がする」

美世はその先を聞かず、勢いよく駆け出した。——人の気配、それは。

手に提げた灯りを揺らし、凸凹の土の地面につまずきそうになりながらも駆ける。

危険なものが待ち受けている可能性もあった。しかしもうじっとしていられず、堪《たま》らなくなって足が勝手に走り出していた。

照らしても、闇に包まれてよく見えない前方で、ばき、と硬い何かが砕ける。

カンテラの儚《はかな》い光が、鉄格子をひと蹴りで吹き飛ばし、牢から自力で脱出する彼の姿をぼんやりと捉えたとき、心に満ち、溢《あふ》れた万感の思いとともに涙が零《こぼ》れる。

「旦那さま……！」

唇を震わせて転び出たのは、ひどく不安定で不格好な涙声。

けれど、そんな些事《さじ》には構わず、美世は駆ける勢いのまま彼の元へ飛び込み、氷塊のごとく冷え切ったその痩軀《そうく》を自ら両腕で抱きしめた。

「美世」

やや呆気《あっけ》にとられた様子の清霞にかすれ声で呼ばれると、湧きあがるのは、ほっとする安堵《あんど》の感情。不安の黒い雲に覆われていた空に陽光が差す、そんな気分だ。

――間に合った。夢を、現実にできた。

地面に落としたカンテラが、からん、と高い音を立てる。

同時に灯っていた光が消えるが、清霞が発火能力を使ったのだろう。すぐに地下壕の壁に設置されていた、使われていない照明に火が灯った。

「旦那さま、わたし」

安心して、終わりではない。美世には絶対にすぐに伝えなくてはならない想《おも》いがある。

もう、決して後悔はしないのだと誓ったから。

「旦那さま」

「ああ」

熱い息で詰まる喉をなんとか飲み下して話そうとする美世を、清霞は根気よく待ってくれる。

優しい。清霞のこの優しさが、温かさが、出会ってからずっと美世のすべてを受け入れ、包み込み、守ってくれた。

それをどうしても失《な》くしたくなくて、自分の中で生まれた新しい感情に怖気《おじけ》づいた。

けれど、それは間違いだ。

「……ごめんなさい、旦那さま」

どうにかこうにか最初に出たのは、謝罪だった。

抱きしめた清霞の身体が、ぴく、と小さく身じろぎする。美世はただ、言葉を続ける。

「わたし、もうわかっていたのに、あのとき何も答えませんでした」

誰よりも、何よりも大事な婚約者の顔を見上げた。

精緻に整った白皙《はくせき》の美貌は変わらないが、最後に見たときよりも若干、青白い翳《かげ》りがうかがえる。こんな場所に何日も閉じ込められていたら、当然だ。

彼が大人しく捕まっていたのは、美世たちのためにほかならない。

だというのに、美世は己の想いに気づいていながら、恐怖や不安に駆られてその彼の想いに答えなかった。ひたすら、ひとりで憂いているだけで、無為に立ち止まっていた。

（でも、それは大きな間違い。だって、わたしの心は決して変わらない）

この人を、この誰より尊い人を、どうして愛さずにいられるだろうか。

「――わたしも、あなたをお慕いしております。旦那さま」

微笑《ほほえ》みながら告げると、清霞の、水晶のように神秘的で眩《まばゆ》い瞳が見開かれる。それから、ふ、と目尻が柔らかく緩んだ。

「ああ、私もだ」

背に回された彼の腕に強く抱かれる。ようやく、伝えられた。

美世が迷ったせいで、きっと清霞にはもどかしく、悲しい思いをさせただろう。さらには、何かひとつでも食い違えば手遅れになり、そのまま永久《とわ》の別れになるかもしれなかった。

それでも……たどり着けた。

美世は愛を、きちんと返せたのだ。

「旦那さま、ずっとそばにいてください。ずっと、ずっと……離れずに」

「そばにいる。死ぬまで、永遠に」

もう二度と、何もできないまま離れるなんて、悔しくて苦しくて悲しい思いはしたくない。

美世は氷が解けるように、徐々に身体の熱を取り戻しつつある清霞のぬくもりを確かめながら、互いの脈うつ心音に身を任せる。

愛《いと》しい、愛しい人。ちゃんと、ここにいる。生きている。

どちらからともなく、寄せ合っていた身を離す。

遠ざかる温かさに一抹の寂しさを抱きながら振り返ると、扇子を手で弄ぶ一志と目が合った。

「あ、感動の再会は終わったかな」

「……は、はい……」

飄々《ひょうひょう》と投げ込まれた言葉に、美世の両頬が熱くなる。

どうしていつも、人が見ているときにかぎって、こういうことになってしまうのだろう。

顔から火が出そうだ。

一方、同じく茶化されることとなった清霞は、平然としている。

「久堂《くどう》さんはいつにも増して寡黙だけど、さすがに今回はしんどかったんじゃない?」

美世ははっとして、黙ったまま荒く息を吐いた清霞を振り返った。

あらためて注視すると、清霞の姿はひどいものだ。

綺麗《きれい》に結われていたはずの髪は解けて乱れ、顔には殴られたような跡がある。さらに、この酷寒の地下壕でありえない薄着、シャツは汚れ、裂けて、隙間から覗《のぞ》く肌には無数の痣《あざ》や傷が見て取れた。

また、手鎖《てじょう》が擦れたからか、あるいは清霞が自身で引きちぎったせいか、両手首には深い擦過傷があり、鮮血が滴っている。

「旦那さま……」

絶句する美世の頭を、普段と変わらない清霞の手が撫《な》でた。

「そんな顔をするな。このくらい、大したことではない」

もしかしたら、美世が最初から要領よく動けていたら、もっと早く助けられたかもしれない。そうすれば、清霞もここまでの怪我《けが》を負わずに済んだかもしれない。

「助けてくれたこと、感謝している。ありがとう、美世」

「はい……」

美世は涙を必死で止める。

真正面から礼を述べられると、安心と喜びで気が抜けてしまいそうだった。けれど、美世の正念場はまだ、これからだ。

「それにしても、よくもまあこれで生きていたね。久堂さん」

いつの間にか、清霞が先ほどまで囚《とら》われていた牢に近づき、眺めていた一志が感心して言う。

「この手鎖、これにも術と異能を妨害する術がかけられているし。久堂さんなら力づくで破れないこともないだろうけど、負担でしょう。これほど厳重だと甘水の本気を感じるな」

千切れた鎖を摘まみ上げながら、呆《あき》れを含ませて呟《つぶや》く一志。

彼の態度から、今さらながら本当に清霞の身の危うさを悟り、美世は血の気が引く思いだった。

「その鎖にかけられていた術は大したものではない。それよりも、お前たちが破壊した術のほうが厄介だった。――お前も、ご苦労だった」

清霞は、立ちすくんだままの、己の式である清の肩に手を置く。

清が何も言わず、ひとつうなずくと、音もなくその姿はかき消え、あとには人の形を模した紙切れ一枚が残っただけだった。

「……清くん、ありがとう」

小さく、感謝を口にする。

この数日間、常にそばにいて美世を支えてくれた清。彼がいなければ、今頃は甘水に捕まるなり、途中で挫《くじ》けるなりして、清霞を助け出すことは叶《かな》わなかっただろう。

異能を発揮することもできなかったはずだ。

すっかり隣にいることに慣れた清との呆気ない別れに、美世は喪失感を抱かずにはいられない。

「旦那さま。また、清くんに会えますか……？」

「…………」

返事がない。

「旦那さま？」

「…………」

応答がないことを不思議に思い、視線を上げれば、清霞は微妙な味わいの食べ物を口にした直後のごとき、なんとも言えない表情をしていた。

「……いずれな」

口ぶりが甚だ重たい。何か、清を再び作り出せない理由でもあるのか。

少々目線をずらすと、一志が訳知り顔でにやついている。清霞もそれに気づいたのか、今度は苦虫を嚙《か》み潰したように顔をしかめた。

「ご苦労だったな、辰石。帰っていいぞ」

清霞の苦々しくも素っ気ない態度に、一志の目が一瞬、剣呑《けんのん》に光る。

「あ、いいのかなあ、そんな邪険にして。ぼく、知ってるよ？」

何を、と問い返すまでもなく、一志は面白がるような、朗々とした明るい口調でとんでもない事実を暴露した。

「あの式くん、常にではないけど、ちょくちょく久堂さんが動かしていたよね。それに、結構な長時間、視覚や聴覚も共有していたはず」

「え……」

「辰石」

美世は初め、一志の言っている意味がよく理解できなかった。

清霞が、清を動かしていた。確かに、自分で作った式を遠隔で操作することは可能だし、それは式を使った術の基本でもある。

また、視覚や聴覚を共有――すなわち、式の目や耳を通して、式がいる場所の出来事を見聞きする。これも、基本中の基本。

繋《つな》げると、どうなるか。

清霞は、清を動かし、清の目や耳を通して清と同じ体験を

（あ）

思い出して凍りつき、立ち尽くす。美世は、清といったい何をしていたのだったか。

手を繋ぐのはまだいい。しかし、勝手にあだ名をつけて呼んだり、一緒に風呂に入ろう

と誘ったり、同じベッドで眠ったり。言い逃れはできない。

「…………」

完全に、痴女である。

（ま、まさか、そんなつもりはなかったのに）

恥ずかしい、なんて言い方では足りない。美世は自分の両頬が真っ赤に熱されてぽん、と爆《は》ぜたように感じた。

「だから言っただろう。後悔しても知らないと」

呆れ切った清霞に、返す言葉もない。

清の警告を可愛《かわい》らしいと思うだけで、深く考えず、真面目に取り合わなかったのは自分だ。要するに、自業自得。

思わず美世は両頬を両手で押さえ、その場にしゃがみこんだ。

「ご、ごめんなさい。あの、わたし、本当に気づかなくて、ごめんなさい」

しどろもどろな言い訳未満の単語の羅列が地に落ち、跳ね返って自らに戻ってくる気がして、ますます清霞に顔向けできない。

「美世」

清霞が、こちらを覗き込むように美世の前にしゃがみ、片膝をついたのがわかる。

「こちらを見ろ」

「む、無理です……」

今は清霞に従うよりも、羞恥がはるかにまさった。このような恥をさらして、これからどうやって生きていけばいいのか。

美世が思い描く淑女の理想は今、急速に遠ざかっている。

「お前に小さな子ども扱いされるのは、なかなか新鮮で愉快ではあったが」

照れも笑いもせず、大真面目な声音でそんなことを清霞が言うので、美世は涙目になりながらおそるおそる面を上げた。

すると、囁《ささや》くように清霞は続ける。

「できれば今度は、私の名を、きちんと呼んでほしい」

とくり、と心臓が微《かす》かな鼓動を奏でる。

その感情の名を美世は知らない。けれど、いつかはきっと。そう思い、控えめに首肯すると、清霞はどこかうれしそうに微笑んだ。

◇◇◇

負傷し、体力を温存しなければならない清霞に代わり、一志が式を飛ばす。

式の行き先は五道《ごどう》率いる対異特務小隊《たいいとくむしょうたい》。内容は、無事に清霞を救出したので、予定どおりに事を始めよ、といったものだ。

すでに待機状態にある五道たちに動いてもらい、甘水の手勢の大半をそちらに釘付《くぎづ》けにしてもらう。その隙に、美世たちは甘水と接触したいと考えていた。

また、正清《ただきよ》に頼んだ他の異能者たちの助力は、早くも昨晩の時点で今日の午後にはなんとかまとまった数が集まり、加勢できそうだと知らせを受けている。

(きっと、予想よりもずっと、異能心教《いのうしんきょう》の考え方に異能者は否定的だったのね)

正清が言うには、彼が声をかけた家の異能者のほとんどが二つ返事だったらしい。

皇家は別としても、異能者にとって、異能者が頂点に立ち、異能を振りかざして先導する社会はとても現実的ではないのだ。

甘水を支持しているのは、異能という甘い蜜に吸い寄せられた異能を持たない者。そして、宝上《ほうじょう》など一部の限られた異能者のみというわけである。

「さて、では本命のところへ行きますか。これからは隠密《おんみつ》行動しなくていいんですよね」

一志の問いに、清霞がうなずく。

「問題ない」

やがて、ずん、と鈍い地響きがこの地下壕《ごう》にまで伝わってきた。異能による一撃。五道たちが襲撃を開始した合図だ。

美世たちは、清霞の異能で足元を照らしながら、早足で地下壕を抜ける。先頭は清霞、中央に美世を挟み、しんがりは一志が務める。

急な階段を上がって寮棟の廊下に出ると、とうに昇った太陽の光が目を灼《や》いた。

（眩《まぶ》しい）

真っ白な視界で、美世は薄《うっす》らと前方に人影を捉える。

何日も地下にいた清霞はろくに目が利かない上に身体《からだ》も本調子ではないだろうに、彼はまったく動じることなく、その人影を無力化してしまう。

「行くぞ」

「……化け物だね、もう」

後ろから聞こえた一志の呟きに苦笑が含まれているのが、ありありとわかる。

つい先だって、あれだけの手際の良さを見せた彼から見ても、清霞の動きは尋常ではないらしい。

来たときは苦労した道のりも、出るときは早かった。

やはり五道たちの陽動が効いているのだろう、出くわした軍人は少なく、そのすべては戦闘になるまでもなく、清霞と一志によって伸されていった。

寮棟を出、渡り廊下を抜けて、管理棟の廊下を駆ける。あとは正面玄関を突破し、甘水がいるであろう司令部に行けばいい。

甘水の元までたどり着くまではあとどのくらいか。

しかしさすがに万事順調に、とはいかなかった。

「そこまでです。よくも、やってくれましたね」

もう少しで管理棟の正面玄関に出られる——そう思ったが、三人で進んだ先の玄関は塞がれている。

深い赤色の絨毯《じゅうたん》が敷かれた廊下にて、美世たちは予想と違わぬ人物と会った。

「新《あらた》さん」

薄刃新は、今にもこちらに飛びかかってこようとする自身の手勢を無言で制しながら、ゆっくりと静かに立ちはだかった。

美世が一歩前へ進み出て呼びかけると、まるで今までと変わらず、従兄《いとこ》は相好を崩す。

「……美世。本当にここまでくるとは」

一見笑みを浮かべているように思えても、その目は鋭い光を宿し、口調にも明らかな棘《とげ》が含まれている。

怖い。素直にそう感じる。

初めて出会ったときから、新と意見がぶつかることはあっても、恐怖を憶《おぼ》えたことは一度もなかった。それは、彼が美世に危害を加えようとしたことがいっさいなかったからだ。

しかし、今はどうか。

決裂すれば、彼はただちに美世の喉を掻《か》き切るかもしれないと思わせる。

新と会うことは夢で視《み》て知っていたので、今さら驚きはしない。ただ、この濃い殺気が漂う臨場感だけは、夢では知り得なかった。

「新さん……どうして、こんなことを」

「わかりきったことでしょう。俺は初めから、薄刃家が不当に扱われることのない未来を望んでいました。異能心教の、甘水直《なおし》の考えは俺の願いと合致しています」

新は顔色ひとつ変えず、まるで最初から言うべき内容を完璧に考えておいたかのごとく流暢《りゅうちょう》に述べる。

美世がどんなに言葉を尽くしても、新はこの場では自分の意見を絶対に翻さない。

重々承知していても、美世は首を横に振らずにはいられない。

「いいえ……いいえ。新さん、もう、やめてください。その方法ではいけません。だから」

「君にはわからないでしょう。俺がどんな思いでここまでするのか」

新は美世の訴えを遮り、淡々と退ける。

いかにも、美世の薄刃家への帰属意識は新にはいささかも及ばず、非常に空疎なものでしかない。薄刃家のために命をかけられるかと問われれば、答えは否だった。

されど、新や義浪《よしろう》を家族だと思うから、生家である斎森家がなくなって、家族がわからなくなったときに家族を教えてくれた人たちだから、大切で、失いたくないと願う。

この気持ちに嘘《うそ》はないし、『薄刃のため』よりもよほどこの身を尽くせるのだ。

「……こんなことは、悲しいだけです」

大切に思えばこそ、新に戻ってきてほしい。多くの人を傷つけ、混乱をもたらす甘水の企《たくら》みに加担してほしくない。

美世の嘆きにも、新は眉を動かしすらしない。

「それでも、俺は変えたいんですよ。薄刃家を」

互いに、一歩も譲れないのはわかっていたこと。美世が己の主張を変えないように、新も意見を翻しはしなかった。

　完全な、平行線だ。

（止めないといけないのに）

　新はゆっくりとかぶりを振る。そして、拳銃を抜き、その銃口をこちらに向けた。

「美世。あなたがこちらにつかないなら、無理にでも言うことを聞かせよとの命令ですので」

　定められた狙いは、美世を庇《かば》おうと前へ出た清霞と一志。二人を始末し、美世の身を甘水の元まで送り届けたい。それが新の目的であるのは、明白だった。

「美世」

　美世を案じる清霞の声に、うつむいてしまいそうになる。同時に、一志からの静謐《せいひつ》な視線を感じる。

　これ以上言えることは何もない。

（やっぱり、聞き入れてもらえなかった）

　最後の機会だったかもしれないのに、止められなかった。

　新の背後、獄舎の外から、丸眼鏡をかけた袴《はかま》姿の男が正面玄関をくぐり、おもむろに歩いてこちらに近づいてくる。

甘水直。示し合わせていたのか、騒ぎを聞きつけてやってきたのか。

やや彫りの深い面に薄ら笑いを貼りつけて寄ってくる彼の様子は、さながら、舌なめずりしながら獲物に飛びかからんとする猛獣、その印象は変わらない。

美世は、無意識に喉を小さく鳴らした。

「ようこそ、我が牙城へ。待っていたよ」

軍本部を己の牙城などと称する甘水。何がそんなにも愉快なのか、得意の芝居がかった仰々しさで美世たちを歓迎する。

冷や汗が背筋に滲《にじ》んで、微かな息苦しささえ憶えた。

「三文芝居はいい。――帝《みかど》は、ご無事か」

その背からも十分に感じ取れるほどの殺気を溢《あふ》れさせ、清霞が甘水に問う。

帝の安否はまったく情報がない。たとえ幾度となく、国の頂点にあるまじき判断を下した帝であっても、清霞はその立場から訊《き》かずにはいられなかったのだろう。

「帝か」

問いを受けた甘水は一瞬、黒々しく渦巻く憎悪を覗《のぞ》かせてから、何事もなかったかのように、片手を挙げて合図する。

ど、と重たいものが床に打ち捨てられる音がした。

廊下に倒れ伏しているのは、痩せこけたひとりの老人。

異能心教の者であろう黒いマントを頭から被《かぶ》った甘水の配下たちが、意識があるかも怪しい老人――帝を運んできて、乱雑に放ったのだ。

とてもではないが、帝国で最も貴き人物、それどころかまともな人間に対する扱いではない。

美世は甘水の憎しみをその端々から感じ、気分が悪くなった。

「安心したまえ。死んではいないよ。もっとも、苦しめて、苦しめて、苦しめ抜いて、そろそろ殺そうかと思っていたけれど」

甘水は嗤《わら》う。

「薄刃を滅ぼそうとしてまで守ろうとした、帝国における帝の価値を落とされて。挙句、国を滅茶苦茶《めちゃくちゃ》にされて乗っ取られる様を見たときのこの老いぼれは、どんな気持ちだろうね」

身体を痛めつけられるのと、どちらが苦しいと思う？　と、無邪気に問いかけてくる甘水は、玩具を与えられた幼子のはしゃぐ姿に似ていた。

かと思えば、愉快そうな嗤笑《ししょう》は突として抜け落ち、床に転がる老体を蹴飛ばす。

「元は全部、こいつのせいなのだよ。許しがたい許しがたい、許しがたい、心の底から許しがたい。こいつが澄美《すみ》ちゃんを殺したんだろうが」

甘水は自分でひと言、ひと言、発するたびに情緒が乱れているようだった。けれど、再び柔らかな薄ら笑いを顔に貼りつける。

「まあ、そういうことだ」

ぞく、と寒気がする。帝が甘水の元で囚《とら》われている間、今のようなことが繰り返されていたのだろうか。

「貴様、極刑は免れんぞ」

清霞が苦々しく言うと、甘水は肩をすくめた。

「別に。薄刃が帝国の頂点に立てば、何も問題になどなりはしない。革命では、暴虐のかぎりを尽くした王が処刑されるのが常。首を斬られるならこの老いぼれのほうだ」

極刑という語を歯牙にもかけず、いけしゃあしゃあと言ってのける甘水は、まるで悪びれない。罪の意識など欠片《かけら》も感じていないのではないか。

(復讐《ふくしゅう》して当然、ということなの？)

帝を恨み、国の在り方を恨み、力のなさを恨み。それを動力として生きてきた彼に、この期に及んで道理を説こうとするのが間違いなのかもしれなかった。

しかし、甘水の異常性にもまったく怯《ひる》むことなく、清霞も研ぎ澄まされた刃《やいば》のごとく鋭く冷たい目で睨《にら》みながら、一歩踏み出す。

「私たちは貴様を捕らえ、必ず罪に問う。——たとえ、今の貴様が幻影でも」

清霞の言から、美世は目の前の甘水が異能を使った幻である可能性があることに気づいた。

「まさか。幻影ではないよ。そんな失礼な真似《まね》はしない。ぼくは誠実な人間だから」

甘水は言って、ちらりと美世のほうに笑みを向ける。

「美世。ぼくは君には不義理を働かない。君を手に入れるためなら、喜んで自ら顔を出すよ。その証拠に、今までもきちんと実体で会ったはず」

本人の述べるように、確かに思い返してみると夢の中以外は、美世の前に必ず実体で現れていた。

もしかしたら、それすら彼の計略かもしれず、現在の彼が実体である保証はどこにもないが。

美世は知っている。彼が幻ではなく、真にこの場にやってきていることを。

「…………」

甘水の言い分の真偽を確認するように、清霞が美世を振り返る。美世はそれに、うなずいて答えた。

甘水は、演説でも始めるかのごとく、咳払《せきばら》いして口火を切る。

「さて」

「まずはぼくの狙いのとおりに、ここまで来た君を讃《たた》えよう。美世」

清霞も一志も、そして新も、少しも警戒を解くことなく誰もが唇を固く引き結んで、場は緊迫したままだ。

甘水だけが、最初からずっと余裕の表情をしていた。

「だが、だからこそ問う。君は結局、権力という形ではないにしろ、より強い力に頼ったね？　薄刃の力に」

「……はい」

「久堂清霞を助けるために、薄刃の力を欲した。それは、ぼくとどう違うんだい？　何かを変えたいと、自らの運命を変えたいと力を欲したぼく、そして、人工的に異能を得た者たち。君たちが否定するぼくらと、どう違う？」

美世は、答えに窮した。

夢見の力は甘水との問答の内容まで教えてはくれない。それは、美世自身が答えを出さなければならないからだろうか。

どう答えればいい。甘水が言うように、美世も力が欲しくて夢見の力について調べた。

その結果、身に余る能力を使えるようになり、それに頼って清霞を救い、ここまで来ることができた。

同じと言われれば、同じだ。

「君に、ぼくらを否定し、責める権利があるのか？」

重ねて問われると心臓が嫌な音を立てる。

早く答えなければ、沈黙は肯定と受け取られる。けれど、焦れば焦るほど思考は空回りして、上手《うま》く答えを導きだせない。

つい、と掬《すく》い上《あ》げるように、力の入っていた手をとられた。

清霞だ。

横目でわずかにこちらを振り返る彼の手が、優しく美世の手を包み込む。

「旦那さま」

そう口にして手の温度を確かめるだけで、胸のざわめきも乱れた気持ちも、みるみるうちに引いていた。

触れ合うだけの励まし。ただそれだけなのに、何より心強い。

繋《つな》いでいないほうの手で心臓のあたりを押さえ、美世は息を吸って吐く。そうして、真《ま》っ直《す》ぐに甘水を目で捉える。

「わたしは、この力を誰かを傷つけるためには決して使いません」

美世の答えを聞き、甘水は一度、目を瞬《しばた》いてから噴き出した。

「ははは！　なんだい、その答えは。そんなものは答えにも反論にもなっていないよ。だって」

腹を抱えて笑った甘水は、唐突に笑ったまま表情をいやらしく歪《ゆが》める。笑っているのに、真っ黒に塗りつぶされているかのごとき顔つきだった。

「今、まさに、君はぼくを傷つけようとしている。それに、君は婚約者を救い出すためにいったい何人の軍人をなぎ倒した？　自分で手を下していないから、なんて言い訳は通用しないが」

心を、揺らしてはいけない。

そのとおりだと納得した瞬間、美世は甘水に呑《の》まれてしまうだろう。甘水が大口を開けた大魚なら、美世などその前で漂う小魚も同然で、ただ食われるのを待つばかりなのだ。

美世は意識して毅然《きぜん》と、かぶりを振った。

「それでも、わたしはあなたとは違います。この力に誰かの人生を巻き込もうとも、力で何かを奪おうともしません。わたしは、わたしのために力を使います」

「ぼくが、異能を持たない者たちに人工異能という道を示したのが、間違いだとでも？」

片眉を跳ね上げて、甘水は首を傾《かし》げてみせる。

「……一事が万事、悪いとは思いません。でも、たくさんの人が傷ついています」

久堂家の別邸へ行ったときもそうだった。

異能心教の実験のために、何の関係もない村の人間が巻き込まれ、命を落とすかもしれなかった。

薫子《かおるこ》のこともそうだ。彼女自身の意思とは無関係に単なる偶然で脅され、無理に従わされ、裏切りを強要されて、彼女がどれだけ苦しい思いをしたか。

苦しむ者のために手を差し伸べる。それは素晴らしい心がけだ。

ただ、そのために他の大勢が傷つき、苦しみ、涙を流していてもいいのか。それは本当に正しいことなのか。

「たくさんの人が悲しむことが、正しいとはとても思えません」

だから、と美世は己の中で燃えている異能を、じわり、と表に滲ませる。

瞼《まぶた》を閉じれば、そこには今まで立っていた管理棟の廊下とは違う景色が広がっていた。

――夢の世界。美世が望まなければ、誰も傷つかない世界だ。

（お願い）

辺りをそっくり入れ替えるように、夢見の力を広げた。周りの皆もすべてを呑み込んで、光が満ちる景色の中へ引きずり込む。

閉じた目を開くと、美世が想像したそっくりそのままの場所に皆立っている。

清霞や甘水、新はたいして驚いた様子ではなく、一志は物珍しそうに周囲を眺めたり、うなずいてみたりしていた。

「また、ここか」

芸がないね、と甘水が辟易《へきえき》した態度を隠そうともせずに言う。

ほどよい温かさを含む微風《そよかぜ》に吹かれた新緑の葉桜が、さわさわと爽やかな葉擦れの音を奏でた。

今、美世たちが立っているのは、以前にも何度か訪れたことのある在りし日の薄刃家だった。

ただし、前はあった澄美の姿は、今回はない。

なぜなら以前とは違い、ここは甘水の記憶に依存した世界ではなく、美世自身が頭の中で思い描いて作り出した世界だからだ。

美世が皆をここに誘ったのは、異能を含め、甘水の好きなようにさせないため。

それと。

(どうか、上手くいきますように)

銃口を美世たちのほうへ向けたまま、黙りこくっている新の動静を軽くうかがう。が、その表情からは何も読み取れない。

「こんなことをしても、ぼくの意志は変わらない。そんなにぼくが気に入らないなら、君が頂点に立って、この夢と同じ誰も傷つかない世界を作ればいい」

平然と現実味のない理想を説く甘水に、清霞が異を唱えた。

「貴様の思想は時代遅れだ。異能者は年々、弱く、少なくなっている。異能者が討伐すべき異形《いぎょう》が減っている以上、異能者もやがては役目を終えることになる。そのとき、異能者がすべきは世界を支配することではなく、異能者でなくなっても生きていけるよう、ありかたを変えることだ」

異形が減れば異能者が減り、異能者が減れば薄刃の異能者も減る。だんだんと異能や異形を信じる者はいなくなり、いずれは夢幻のように扱われることとだろう。

甘水は異能心教として、民に異形や異能の存在を周知させようとしていた。けれども、それも心の底から信じている者はいったいその内の何割か。

皆、一風変わった異能心教の思想に一時は興味を持ち、それに乗じて軍や国に日頃の鬱憤をぶつけているのだろうが、娯楽と同じように短い流行《はや》りが過ぎれば、忘れ去られる。目に見えない神秘の存在は、多くの人々にとってもはや身近ではなくなっているのだから。

「無論、すぐに受け入れられるとは思っていないよ。長い時間をかけ、ぼくが、異能心教が、異能の国を作る。異能者が減るなら、人工的に増やせばいいだけさ」

「独善だな。……人工異能者を作り出すために異形が欠かせないことはわかっている。異形が減ってしまえば、異能者は増えない。同じことだ」

睨《にら》み合《あ》う清霞と甘水の視線が、激しく交錯する。

「それこそ、長い年月をかけて民に異形の存在を信じ込ませれば、再び異形は増加に転じるよ。まったく困らない。――結局、君らは臆病なだけだね。大きな変化を恐れている。もしくは、皇家を絶対的な君主として妄信しているか」

「では、あなたは、あなたが頂点に立ちたいと駄々をこねるのと、どう違うのですか」

美世は大きく息を吸い込み、静かに甘水へ問いかけた。

甘水の主張は、ひどく子どもじみた我がままだ。

自分の思いどおりにならなかったから、自分の意のままになる都合のいい世界を作りたい。彼の言い分はそのための、後付けの理屈っぽい詭弁《きべん》にすぎない。

「わたしたちが臆病だとおっしゃるなら、あなたのはただの身勝手でしょう」

「身勝手でも、今この時も不幸に、不運に見舞われている大勢が救われるなら、ぼくは感謝されるはずさ」

甘水は、君も彼らの気持ちはわかっているはずだけれど、と濁った双眸《そうぼう》で美世を見つめる。

「わたしは、そんなことは望みません、と言ったはずです」

「違う、君はもう望んだんだ。力が欲しいと、非力な自分は嫌だから、新しい力を手にしたいと。だから薄刃家へ行ってより強い力を目覚めさせた。違うか？」

ああ、もう、と美世は初めて、他人に苛立《いらだ》ちを憶《おぼ》えた。

甘水は美世が何を言ってもそれを自身の主張に繋げてしまう。話が堂々巡りで、埒《らち》が明かない。

力を望んだ。状況を変えたかったから、清霞を助けたかったから。

けれど、甘水の考えとは決定的に異なる。

「一緒にしないでください！」

気づけば、生まれてこのかた出したこともない大きな声が、美世の喉から飛び出していた。

眼前を、ふ、と淡い桜の香りをのせて、小さな薄紅の花びらが流れていく。

母が見守ってくれているに違いない。美世は、母の代わりに訴えるような思いで、甘水へと言葉を投げかける。

「あなたは自分に力が欲しいからと、力のある人からその立場を奪おうとしているだけ。でも、わたしが欲した力は、わたしのものです。同じではありません！」

夢見の力など、今さらいらないと最初は思った。

だが、その力はまぎれもなく美世自身の持ち物で、他の誰のものでもない。いらないからといって貸し借りできるでもなく、ただ、だからこそ、いざというときは美世が自由に使っていいものでもある。

急に激昂《げきこう》した美世に、甘水は呆気《あっけ》にとられたようで、間の抜けた顔をしていた。

その瞳に映っているのは美世なのか、それとも。

やがて甘水は身体《からだ》を震わせ、真っ赤な憤怒《ふんぬ》をみせる。

「澄美ちゃんと同じ顔でこれ以上、ぼくを否定するな！」

怒りにまかせ、甘水はかけていた丸眼鏡を乱暴に外して投げ落とすと、それを踏みつけ、さらに自らの頭を掻《か》きむしった。

「大人しく聞いていれば、綺麗《きれい》ごとばかり並べやがって！　誰からも奪っていない？　笑わせるな。美世、君だって気に入らない家族を蹴落として、平穏を奪って手に入れ、久堂家当主の婚約者の座をも手に入れたんだろうが！　同じだよ、ぼくだってあの老いぼれが気に入らないから蹴落とすんだ。奪って、ぼくの幸せを手に入れるんだよ！」

何が悪い、と怒鳴り声が、かつての長閑《のどか》な薄刃家の庭に響き渡る。

「君だって、誰だってやっていることさ！　自分の幸福を手に入れるために他人を、ときには身内をも追い落とし、蹴散らし、その座につくんだ。自分が幸福を手にしたとき、必ず誰かは不幸になる。それが必然だろう！」

豹変《ひょうへん》した甘水に、美世は圧倒されそうになる。

全員が幸せになれる世界を作るのは難しい。人は平等とどこかで聞いたけれど、世の中はそう上手《うま》くは成り立っていない。

人は誰しもが、他者とかかわり、傷つき傷つけながら生きている。

皆が皆、満足する世などというのは幻想だ。そんなことは、美世だって百も承知している。

「自分の望むとおりになるように行動する。当たり前に皆がしていること、当然の人の営みだ！　力を求めて何が悪い。辛酸を舐《な》めた日々も忘れ、久堂という権力にぬくぬく守られて甘えきった君には、ぼくの気持ちはわからないだろう。わからないから、そんな平気な顔でぼくを否定できるんだ」

怒りに包まれた中に潜む甘水の嘆きを、美世は受け止める気持ちで聞いていた。

叫んだ甘水は肩で息をし、喉笛からひゅうひゅうと掠《かす》れた音が鳴る。

彼の積年の恨みつらみは、きっとこんなものではない。ただ、大きすぎる感情に彼の身体が追いついていないようだった。

美世は、甘水を哀れむのをやめた。

今までは甘水に対し、どこかに申し訳ない思いや可哀想《かわいそう》だという思いがあった。だが、それではこの男に言葉は届かない。

「……そうかもしれません」

握った手の感触を確かめる。目線をずらせば、清霞もまた、美世を見つめていた。

清霞と引き離され、己の愚かさを突きつけられ、もう二度と愛すべき日常が戻らないかもしれないと予感したとき、絶望を味わった。

まるで半身を引き裂かれ、片翼をもがれたようだと感じた。

澄美にすべてを捧《ささ》げていた甘水の絶望はそれよりもさらに濃く、深かったのかもしれない。

「でも」

美世は、依然として厳しい面持ちで銃を構える新を見遣《みや》った。

「新さんも、あなたとお母さまのような悲劇を繰り返さないために薄刃を変えようとしていました」

新が微《かす》かに、瞠目《どうもく》する。

「誰にも知られず、助けも求められないまま、いいように扱われる……そんな薄刃家のありかたを、あなたと同じように新さんも変えてくださろうとしていました」

堯人《たかいひと》もそれを許してくれた。異能者の闇を、影を、煮詰めたような存在だった薄刃家は、これからの代で変わっていくはずだった。

変化は少しずつでも、新は鶴木《つるき》でなく薄刃を名乗るようになったし、もう掟《おきて》は絶対でなくなろうとしていた。

たとえ理不尽に見舞われても、もうただ黙って従う羽目にはならないに違いない。

その方法はとても地味で、根気のいるものだ。甘水の計画とは異なり、一気に状況をひっくり返すことはできない。

けれどそれが何よりも尊い志だと美世は思う。

「確かに人は誰もがよりよく生きたいと足掻《あが》いていると思います。そしてその結果、皆が幸せになることは難しいでしょう。……わたしも、自分が幸せを感じる代わりに斎森家はなくなってしまいました」

過去を思い、目を伏せた。

斎森家を出てからもうすぐ一年になる。今でもときどき、あの頃どうしていればよかったのか考える。

どうすれば、美世はあの状況から自力で抜け出すことができただろう。

どうすれば、父も継母《ままはは》も妹も、彼らは彼らで幸せなまま帝都で暮らせたのだろう。

どうすれば、幸次は傷ついて旧都へと去らずに済んだだろうか。

答えは出ない。あの頃の美世はどうしようもなく生きるのに疲れていて、かといって死ぬ勇気もなく、家族は終始そんな美世を目障りに思っていた。

美世が不慮の事故で命を落とすでもないかぎり、いつか必ず家族と何らかの諍《いさか》いは起きていた。

「それでも、たとえ力がなく、悔やんだとしても……居直って誰かを憎み、進んで傷つけるのは間違っています。皆が自分に与えられた力でできる範囲で、精一杯生きてゆくしかないからです」

仮に美世が清霞に出会わず、救われていなかったら、甘水の主張に痛いほど共感していたはずだ。

では、もし目の前に斎森家で苦しんでいたときの自分自身がいたら、現在の美世は何と声をかけるだろうか。

「わたしは耐えるばかりで、自分から何かを変えようとはしませんでした。それでも、精一杯、毎日、必死で——生きていました。そうしたら、旦那さまがそのことに気づいてくださったんです」

清霞と出会えたのは、美世にとってこれ以上ない幸運だった。

すべては彼のおかげと言ってもいい。

一方、仮に美世が本当に生きることを放棄して自暴自棄になり、何もかも投げ出して、自分や誰かを傷つけて生きることしかできなかったなら。

おそらく清霞と出会うことも、彼が美世を受け入れてくれることもなかった。

「奪うのでも傷つけるのでもなく、その時の自分のできるかぎりで頑張っていれば、ささやかでも、風向きが変わる機会がやってきます。その機会を見逃さずに摑《つか》めるかは、自分がどれだけ懸命に生きてきたか——懸命に生きてこそ、自分自身の力を尽くしてこそ、報われる時がくるのではないのですか」

努力することも、懸命に生きることも、自分の力でしかできない。けれども、そうして何かに尽くしてきたからこそ、いざ運が巡ってきたときにそれを摑むことができる。

美世は、胸の内で昔の己と向き合う。

あなたの苦しい日々は、決して無駄にはならない。報われる未来に繫《つな》がっている。

そう――伝えたい。

過去の自分に語りかけられるなら、死を望むだけだったかつての斎森美世を、そう言って励ましたい。

そういう言葉をかけてもらえたなら、どんなに救われただろう。

「あなたの考えはそんな道を捻《ね》じ曲《ま》げてしまうでしょう。不幸な人に復讐《ふくしゅう》のための異能を与えて、また新たな不幸を生み出して……自分の幸せのために他人を傷つけるのは必然だから、傷つけても仕方ないと開き直っているだけではありませんか」

甘水のように己の利益のために故意にあまねく帝国民を付き合わせるのは、許されない。

ましてや、弱者に異能を与えて救いたいなどというのは建前で、本心では甘水自身がすべてを願うがままにしたいだけ、など最悪である。

人生はそのように好き勝手に弄ばれていいものではない。

「……おためごかしを並べて、満足か？」

うつむき、ゆら、と不自然に身体を揺らす甘水の声音は、ひどく低い。

そのまま、ゆらり、ゆらり、と覚束《おぼつか》ない足取りで甘水がこちらに近づいてくる。清霞がそれを止めようと身構えるが、美世は彼の腕にそっと触れて制す。

「許さない。許さない！　誰も彼も、どうしてぼくを否定し、排除しようとする。ぼくはそれほど悪人か？　何もかもすべて、ぼくが悪いのか？　綺麗ごとを言えば、人を救えるとでも？」

譫言《うわごと》かのごとく呟《つぶや》く甘水の手が、美世の首筋に伸びる。

その指先が美世の肌に触れるか触れないか、というところまで近づいたとき、美世はきゅう、と眉根を寄せた。

右手を振りかぶる。そうして、躊躇《ためら》いなくそれを振り下ろした。

ぱし、と音が響き、頬を張られた甘水は呆然《ぼうぜん》と目を見開いたまま、動きを止める。

手のひらから指にかけて広がる、じんとした痛み。力のない美世の平手だ、大した強さでもなく、打たれた甘水とてほぼ衝撃など感じなかっただろう。

けれど、初めて人を打った……その痛みは、美世自身の心にひどく滲《し》みた。

「え、は……？」

甘水が自失し固まったまま、声を漏らす。

美世の一撃が彼の身体に痛手を与えたというよりは、美世が甘水に手を上げた、そのことが彼にとって予想外で、愕然《がくぜん》とさせる出来事だったようだった。

「いい加減に、してください」

わけもなく目が潤む。

「わたしは、あなた自身を否定しているわけではありません。いなくなってほしいわけでもありません」

ただ気づいてほしいだけ。もっと純粋な、甘水の心の奥底にある願いを。

それは、国家を転覆させるとか、異能者の国を造るとかそういうものではないはずで、本来は美世たちと共有できるはずだったものなのだ。

「思い出して。本当の、あなたはあなたの、したかったことを」

――凛《りん》とした声が、けれども空耳と思うほど儚《はかな》く、風に乗って響いた気がした。

『私のほうばかり見ていないで、直くんは直くんのしたいことをしないといけないわ。あなたの人生なのだもの、でないといつか、もし私がいなくなった時、心が折れてしまうから』

あのとき、夢に浮かんではじけた、過去の断片。明朗な若き薄刃澄美の声がよみがえる。

心に母の優しさと温かさが満ちるよう。いつしか、自分と母の言葉が重なっていた。

（お母さま……）

たぶん昔、母が己に依存する甘水の未来を案じ、告げた言葉だ。うつむき、微動だにしない甘水自身もきっと、そのことを思い出した。

各々が言葉の意味を噛《か》みしめて自らを省みる。緑にあふれ、暖かな日が差す穏やかな庭に静寂のみが広がった。

どのくらい経《た》っただろう。

甘水は暗闇が澱《よど》んだ虚《うつ》ろな瞳で美世を一瞥《いちべつ》すると、一歩、二歩と後ずさり、踵《きびす》を返《かえ》した。

「……もう、たくさんだ」

その背に初めの頃の覇気はなく、もはや気力を使い果たした燃え殻に似た哀愁を纏《まと》っていた。

長年、彼を突き動かしていた澄美への思い。当の澄美からの諫言《かんげん》を思い出したことで、あるいは甘水の中で変化が起きたと思いたい。

「こんなところにいても、どうしようもない。ぼくを理解しない娘なんていらない。綺麗《きれい》ごとなぞ幸せな人間が花畑の頭で不幸な人間に押しつける、気色の悪い夢物語だ。寒気がする」

憎々しげな捨《す》て台詞《ぜりふ》。何かが甘水に届いたと期待したけれど、美世の言葉は、結局どこにも響かなかったのか――。

甘水は懐から短刀を取り出し、宙に突き立てる。何もないはずの空間から、みしり、と硬いものが軋《きし》む音がした。

「同感です」

温度のない賛同の声は、ようやく銃口を下げた新のもの。

新は冷え冷えとした瞳で美世を一瞥し、今度はその銃口を頭上へ向けた。ぱん、と乾いた銃声が一度、また夢の世界が軋む。

二人は、夢の世界から力づくで覚めようとしている。

夢見の異能を解き放ったからといって、夢の世界が万能になったわけではない。こんなふうに意図的に攻撃され、世界を壊そうとされると、夢はその影響を受けていずれ破られてしまう。

対象者に触れながら異能を使えばもっと強固なものになっただろうが、あの状況では無理な話だ。

けれど、美世の胸をざわつかせていたのは、そのことではなかった。

(新さんの、あの目)

夢の光景に玻璃《はり》に入った罅《ひび》のごとく次々と亀裂が走る。閃《ひらめ》く既視感《デジャ・ビュ》は最も恐れていたものだった。

(いけないわ、このままでは)

咄嗟《とっさ》に、美世は清霞と一志に向かって叫んでいた。

「止めて……！　お二人を止めてください……！」

理由は訊《き》かれなかった。清霞と一志は何も訊かず、ただ夢から覚めようとする甘水と新へと駆け寄る。

それと、夢の世界が砕け散るのとは、ほぼ同時。

「新さん！」

自らも手を伸ばし、駆けだしながら、美世は従兄《いとこ》の背に彼の名を呼んだ。

確かに届いているはずなのに、新は一瞬止まったように見えただけで、振り返らない。

振り返らないまま、花弁にも雪片にも似た夢の破片がはらはらと降るさなか、彼の姿が解けて消える。


気づくと、美世の異能は解け、現実に戻っていた。

少々草臥《くたび》れた深い紅の絨毯《じゅうたん》、クロスの色の褪《あ》せ始めが見て取れる壁と天井。ぴくりともせず床に横たわる帝《みかど》に、困惑を隠しきれない兵士たち。

管理棟の廊下は、混乱の気配が伝播《でんぱ》し、多くの者がどうしたらいいかわからずに立ち尽くしている。

管理棟の正面玄関を背に、美世たちを通すまいと立ちはだかる甘水、その背後には新が。

彼らとの距離は近いようで遠い。

すべてが止まったように見えていたのは、一瞬だった。

夢から覚めた清霞と一志が、現実でも甘水と新のほうへ走り出したのは美世が我に返るよりも早く、けれど、先に夢から覚めていた新が銃を構えるのは、それよりもさらに早い。

——引き金を引く新の指に、迷いはいっさいなかった。

大きく膨らんだ風船が弾《はじ》ける音さながらの筒音。新が前方に向けた拳銃から、一発の銃弾が放たれる。その刹那を、美世は確かに両の眼《め》で見ていた。

ざわついていた廊下に、水を打ったような静けさが落ちる。

一拍置いて、甲高い悲鳴が上がった。否、悲鳴を上げているのはたぶん美世自身だ。

ごつ、と鈍い衝撃を伴って仰向けに甘水が倒れた。

「あ」

短い喘《あえ》ぎは、発砲した男のほうから。

「新さん……！」

ぐらつき、膝をつき、傾《かし》いでいく新の身体《からだ》を駆けつけた清霞が受け止めた。

美世は全身から血の気が引いていくのを感じつつも、震える足を叱咤《しった》してそこへなんとかたどり着く。

新の腹部には深々と短刀が刺さり、すでに鮮血が服を濡《ぬ》らして滲《し》み出していた。

「新さん」

「……美世。騙《だま》していて、すみません」

真っ青な顔に脂汗の粒を浮かべているのに、いつもどおりの笑みを作ろうとする新を見ると、涙で視界がぼやけた。

「衛生兵を呼べ！　軍病院に連絡しろ！」

新の身体を抱えた清霞が、右往左往する兵士たちに怒鳴る。次いで、

「辰石、甘水は」

と問うと、一志は首を横に振った。

「死んでいる。たぶん、即死だ。――馬鹿なやつ」

仰向けに倒れた甘水は、正確に額を撃ち抜かれている。新が撃ったのは美世たちの内の誰でもなく、甘水だった。

新が先に銃口を向けたがゆえに甘水が咄嗟に短刀を新へ放ち、けれどもそれに怯《ひる》むことなく、新が甘水を撃ち抜いたのだ。

美世は新の冷たい手を握り、ただ涙を流すことしかできなかった。

深紅の絨毯を這《は》い、滲みこんでいく鮮やかな赤はほんのりと温かく、命の温度を感じさ

せる。それが、際限なく従兄の身体から流れ出るのを止められない。

「短刀を抜けば、一気に血が流れるか……」

血を流しすぎれば、人は呆気《あっけ》なく死ぬ。清霞が唸《うな》れば、新はそれに力なく答えた。

「久堂少佐。俺を、助けなくてもいい、ですよ」

「馬鹿を言うな」

清霞の一喝は、感情を押し殺しきれずにくぐもった激しさを帯びている。

どうして、こんな道を辿《たど》ってしまったのだろう。止めても、止めても、美世の制止など何度も軽くあしらわれ、ついにここまで来てしまった。

「新さん……どうして」

何かを答えてほしかったわけではない。ただ、落ちる涙の雫《しずく》と一緒にこぼれた美世の問いを、新は柔らかく微笑《ほほえ》んで受け止める。

「許して、ください」

許せるわけがない。失った命は二度と戻らないのだから。怒りと悲しみと恐怖と、あらゆる感情に胸をかき混ぜられて、美世の口からそれ以上の言葉は出なかった。

「泣かないで、美世」

それが、瞼《まぶた》を閉じる前の、新の最後の呟《つぶや》きだった。

◇◇◇

時をわずかに遡り。

対異特務小隊は軍本部の敷地《しきち》内にて、激戦を繰り広げていた。

なんとしても、軍本部の戦力を釘付《くぎづ》けにしておかねばならない。そのためには、相手に余裕を感じさせるわけにはいかず、出し惜しみなしの異能戦となった。

あちこちで、派手に火柱が立ち上ったかと思えば、次の瞬間には足元が雪解け水と異能で生み出された水が相まって地面がぬかるむ。そこへ時には電撃を走らせ、時には凍らせる。

それだけで、異能を持たない相手の兵は戦う力を失《な》くしていった。

ただ、問題は人工異能者である。

甘水は軍が捕えていた平定団や異能心教の者たちを解放したことに加え、まだ人数を増やしていたらしい。

五道の体感では、八十人に迫る数が揃《そろ》えられている。

対して、対異特務小隊は隊員を総動員しても三十人ほどに留まる。いくら対異特務小隊が少数精鋭で、反対に人工異能者の異能の質が悪くても、数で不利になっていた。

さらに、以前から頭を悩ませていた異能の効きにくい異形《いぎょう》たち。

歪《いびつ》な形の生物が、百鬼夜行よろしく大挙して押し寄せ、人間の兵にまぎれて攻撃を仕掛けてくる。

（あ〜も〜！　くそっ）

五道は苛《いら》つきながら、念動力で人間も異形もまとめて空中に高く持ち上げ、地に叩《たた》きつけるという作業を繰り返していた。もちろん、死なないように手加減している。

これを始めて、かれこれ数刻になる。

いわゆる『異能の効きにくい』『よく見える』異形は、数が多くて厄介だが、それ自体はこの場では大した脅威ではなかった。

今回の敵はすべて、実体がある。

以前のように、見鬼の才がないと見えない従来の異形か、それとも実体を持つ異形か――といちいち頭で考え、結界がどうのと気にしなくてもよく、人間も異形も全部、実体があるものとしてまとめて異能で処理できるからだ。

しかし、とにかく彼我の数の差がとんでもない。

「ここ数日、屯所に閉じ込められて皆に鬱憤が溜《た》まってなかったら、早々に押し負けていたかも～」

数の差は絶望的だが、よくもっているほうだ。

あちらこちらに散らばって敵と軍刀や異能を交える隊員たちの目には、恐ろしいほどの闘志……というよりは苛立《いらだ》ちが宿っており、その攻勢たるや、今までに見たことがないほど。

完全に憂さ晴らしである。

と、五道が息を吐いたとき、遠くでまたひとつ、野獣に似た強烈な咆哮《ほうこう》が上がるとともに火柱が立つ。

「うわ～やるな～」

火を扱う異能者は隊員の中にも何人かいるが、血気盛んな彼らは絶好調なようだ。

「呑気《のんき》に眺めていないで、働いてください」

口調は冷静ながらも、超人的な怪力で敵を両腕にそれぞれ抱えて投げ飛ばし、右足、左足と続けて蹴り飛ばしているのは、班長である百足山《むかでやま》。

さすがの身体強化の異能で、たぶん、地面にごろごろ転がっている彼と対峙《たいじ》した兵たちはあばらの何本かをやられているに違いない。

「働いてるじゃん！　俺、すごく頑張ってるよね〜!?　もっと労《いた》わって！」

軽口を叩きつつも、軍服の兵から、黒マントの異能心教の人工異能者たちまで、区別なく次々と屠《ほふ》っていく。

午前から始まった戦闘が、昼に差し掛かる頃。

ようやく援軍――久堂正清の声掛けで集まった、軍属でない異能者が到着した。

「やあ、よくやっているね」

もこもことした綿入れを何枚も着、その上からさらに外套《がいとう》を纏《まと》って、丸々とした達磨《だるま》のような外見になっている正清が、軽い身のこなしで五道に近づいてくる。

「お久しぶりです！」

五道は背筋を正し、勢いよく腰を折って挨拶する。近くにいた対異特務小隊の何人かも、それに倣って頭を下げた。

異能者で、久堂正清を知らぬ者はいない。

その身に強力な異能を宿したことで身体が追いつかず、生まれつき病弱ではあったが、それを差っ引いても一騎当千の異能を持つ男。

彼が複数持つ異能の内でも、特に得意とする雷の異能から『紫電』と呼ばれたりもする。

「間に合ったかな」

「はい！　もちろんです！」

折り目正しく返事をする五道に、正清はやんわりと笑む。

「相変わらず元気だね、佳斗《よしと》くんは。結構、結構」

などと、のんびり隠居爺《じじい》を気取る正清だが、その戦いはえげつなく、敵は自分が何をされているのかも気づかぬまま、ぬかるんだ足元から感電して意識を刈り取られていった。

正清の通ってきた跡は、死屍累々《ししるいるい》である。

（いや、怖い……尊敬はしているけど怖いって……対人戦闘に慣れすぎ～……）

あまりの手際のよさに口の端が無意識にひくひくと痙攣《けいれん》してしまう。

清霞の雷撃のようなわかりやすい派手さと破壊力はないが、むしろ暗殺者じみていて恐ろしい。

援軍はだいたい二十人強と、異能者が少ない状況でよく集まっていた。

対異特務小隊と合わせれば、五十人は超える。また異能の練度は人工異能者と五道たちでは雲泥の差なので、ようやく余裕が出てきた。

加えてそろそろ、五道たちは軍本部の戦力を大きく削り、立っている者も少なくなっている。戦いの終わりの雰囲気が漂っていた。

「隊長、まだかな……あいつからの連絡で無事だったのはわかっているけど」

忌々しい辰石家当主からの式が飛んできて、清霞の救出までは順調だったのがわかっている。だからこそ、五道たちはこうして軍本部に乗り込んだのだ。

その後、清霞たちは甘水や薄刃と対峙したはず。

あの二人は、清霞ほどのいくつもの異能を使いこなす異能者にとっても、まごうかたなき強敵だ。無事でいる保証はない。

(あいつのことは本当にどうでもいいんだけど、隊長と美世さん……大丈夫だろうか)

五道がそんなことを思っていたときだった。

「ねえ、あいつって誰のこと？」

飄々《ひょうひょう》と嘯《うそぶ》く声が獄舎のある方角、五道の前方から聞こえてくる。

「……お前」

緩く癖のある髪と華美な羽織《はおり》をはためかせ、扇子を手の中でくるくると転がして近づいてくる、見覚えのありすぎる立ち姿が目に入った。

死線を潜《くぐ》り抜《ぬ》けてきたためか、さすがに普段よりいくらか身なりの乱れが目立ち、疲労の色が濃い。が、それでも本当に戦場に身を置いているのかと疑うほどの、余裕たっぷりの表情で、辰石一志はそこに立っている。

五道はひとまず湧いてきた安堵《あんど》の感情と、また面倒なやつが現れたと鬱陶しい思いで複雑だ。

「堂々と陰口なんて、まったく呆《あき》れるなぁ」

「は〜？　陰口なんて言ってないけど」

あれ、そうだったっけと笑う一志には、やはりいつものキレがない。

五道は自分の心を落ち着けるために大きくため息を吐《つ》くと、一志はその間、正清に挨拶をしていた。

「初めまして、辰石一志です。お会いできて光栄です、久堂正清殿」

「ご丁寧に、どうもありがとう。久堂正清です」

恭しく礼をする一志に、正清もにこやかに応じる。

やりとりだけ聞いていると礼儀正しく、雅《みやび》やかささえ感じるが、いかんせん挨拶を交わしている人間が人間なので、気味悪さが拭えない。

「──で、甘水はどうした。隊長は？　美世さんは？」

五道が問うと、一志は「うーん」と珍しく言葉を濁す。

「美世ちゃんはちょっとひとり、まずいことになったからそっちについている」

「まずいこと？　誰？　隊長は？」

「久堂さんのほうは、もうすぐわかると思うよ。ほら」

ざあ、と音を立て、冷たい冬の風がなおも刃《やいば》を交える人々の間を吹き抜けていく。

その刹那に、雪で湿り気を含んでいた地面が完全に凍結、半壊した建物の屋根から滴る雫の一粒、植木を濡《ぬ》らす露の一滴まで凍《い》てつき、周辺の温度が氷点下まで下がったよう。

軍本部の敷地全体に広がるその異能の規模は、他の異能者とは比べ物にならない。

五道たちの奮戦など、ただのお遊びのようにすら思える。

間違いない。これほどの使い手は今現在、帝国にひとりだけだ。

「隊長……」

一志がやってきた獄舎のほうではなく、司令部の正面玄関から、複数人の軍人が現れた。

ひとりは血濡れたシャツの上から軍服の上着を肩に羽織った清霞、そして甘水によって拘束されていた司令部の重鎮たち、その中には陸軍大将も含まれる。

「全員、ただちに戦闘をやめよ！　武器を下ろせ！」

大将の大喝一声。広い軍の敷地に響き渡ったそれに、敵味方、関係なく振り上げた拳を解き、剣をおさめ、銃を下ろす。

次いで、軍本部と外界とを繋《つな》ぐ正門から一個中隊が突入してくる。率いるのは、大海渡《おおかいと》征《まさし》少将だ。

おそらく、政府のほうに詰めていた戦力だろう。ということは、政府のほうで拮抗《きっこう》していた甘水に協力した高級官僚たちや彼らの手勢との戦いは、大海渡側が勝利したのだ。

どこにも甘水側についた者の健在な姿はない。

「戦え！　まだだ、まだ我々は戦える！　戦え！」

ひとりだけ喚《わめ》き、叫ぶのは、甘水についた異能者である宝上だった。けれども、従う者はもういない。

そもそも、異能心教の側で今も立っている人間は彼以外にはほぼいなかった。

（泡みたいに、脆《もろ》い戦力だったんだな）

五道はふと思う。

甘水の磨き上げた技術は立派だった。異能が効きにくい異形にしろ、人工異能にしろ、五道たちには真似《まね》できない、舌を巻くほどの技術だった。また政府の要人を抱き込んだ手腕も、素直に感嘆に値するものだ。

決して、国家転覆も不可能ではない道筋だったろう。

けれど。

たかが十数年の、小手先の技術ではどうにもならないこともある。

その程度で崩れるようなら、とっくの昔に皇家など途絶えているに違いなく、二千年以上にもわたって君臨し続ける道理がないのだから。

歴史の重みとは、そういうものだ。

(終わったか……)

空を見上げると、中天にあった太陽はすでに傾き始めていた。

屋根や樹木に積もった雪が風に流され、陽光を反射して煌《きら》めきながら舞い落ちる。

ここに、帝国すべての民を巻き込み、反逆を目指した甘水の企《たくら》み、それに伴う争乱は終わりを告げた。

四章　初めての

ちち、と窓の外から、小鳥の軽やかな囀《さえず》りが耳朶《じだ》をくすぐる。

日陰の庭木の枝からわずかに残った雪の塊が解けて滑り落ち、差し込む日の光は冬の弱々しさから春の包み込むような温かさへと、いつの間にか移ろい始めていた。

病室に満ちる消毒液の匂いは、換気のために一時開け放された窓に流れ、春の日光の香りと混ざり合う。

ベッド横の椅子に腰かけた美世《みよ》は、手元の艶やかな橙色《だいだいいろ》をした蜜柑《みかん》の皮を丁寧に剝《む》き、白いすじまで取り除いてから食べやすいように実を割って、皿にのせた。

「どうぞ」

皿をベッドの上で上半身だけ起こした男に渡すと、彼はうれしそうにそれを受けとる。

「ありがとうございます、美世」

「いいえ」

男――薄刃《うすば》新《あらた》は、読みかけの新聞を枕の脇に置くと、蜜柑を摘まんで口に含んだ。まだ多少、負傷した腹のあたりを庇《かば》う様子はあるけれど、顔色は悪くない。

あれからもう、ひと月ほどが経《た》つ。

未《いま》だに新聞記事には甘水《うすい》や異能心教《いのうしんきょう》の名が躍り、処理に奔走する政府や軍の一挙手一投足に注目が集まっているものの、潮が引くごとく減りつつある。

そうして、日常は案外あっさりと戻ってきた。

この軍病院にも、ひと月前は戦闘で負傷した兵たちが次々と運ばれてきててんやわんやだったらしいが、現在はさほど患者は多くないようで、静かなものだ。

負傷者は多くとも、死者や生死の境をさまようような大怪我《けが》の者は少なかったと聞く。

新はその少ない中のひとりだ。

腹部を深々と刺され、普通なら助からない傷。

しかし、新が異能者で身体《からだ》が丈夫だったことや、治癒の異能を持つ雲庵《うんあん》に早急に治療してもらえたことが幸いし、一命をとりとめた。

さすがにしばらくは元どおりとはいかなくとも、不幸中の幸いだ。

「嘘《うそ》みたいだな……」

新の独り言に、美世もまた同じ気持ちで何気なく外の景色を眺めていた。

あんなにも絶望的で、暗澹《あんたん》たる思いに襲われて、どうしたらよいのかと頭を悩ませていた日々が本当に嘘だったように感じる。

甘水直《なおし》は、死んだ。

また、ほぼあの男の異能と憎悪からのみで成り立っていた異能心教は、要を失った途端に一気に瓦解した。一時はあれだけの権勢を誇っていたというのに、実に呆気《あっけ》なく。

けれど、当然の流れでもあった。

異能心教を支えていたのは、甘水の負の熱意とも言うべき感情でしかない。

甘水が祖師として孤高に君臨し、そのすぐ下についていた宝上《ほうじょう》にはそこまでの力はなく、新もまた真実、異能心教のために働いていたわけではなかったのだから。

人工異能を得、人類の優位に立てると信じていた輩《やから》も戦いを経て、付け焼刃では本物の異能者には敵《かな》わないことを悟り、さらには指導者を失って心折れる者が多かったようだ。

甘水が抱き込んでいた政府や軍の要人についても然《しか》り。

元来、彼らには信念というものが特になく、甘水が新たな帝国を築いたのち少しでも有利になろうとしていただけの、欲に忠実な人間だ。いざ甘水がいなくなったところで、統制がとれるわけがない。

甘水直がすべての中心で、彼が唯一、決して替えの利かない屋台骨だった異能心教に、彼が死んだあとの道など残されていなかった。

宝上や文部相、その秘書らを含め、残党や協力者はことごとく捕縛され、現在は沙汰を待つばかりである。

「でも、よかったです」

美世はぽつりと本音をこぼした。

もう終わりだと何度も思った。だが、すべてが過ぎ去ってみれば、意外と上手《うま》いところに落ち着いていた。

「そうですね。久堂《くどう》少佐も、お咎《とが》めはないんでしょう？」

「はい。……嫌疑も罪状も、反逆者の独断でしかないと」

政府の機能はあわや麻痺《まひ》するところだったらしい。

甘水派と皇家派で政治家も官僚も二分され、各々が持つ権限で動かせる範囲の手勢でもって武装。互いが互いを罪に問い、捕縛しようと睨《にら》み合《あ》っていたという。

その小競り合いを大海渡《おおかいと》らが率いる皇家派が制し、政府はなんとか動きを止めずに済み、もちろん甘水派が無理に着せた清霞《きよか》の罪もなくなったというわけだ。

（無実なのは事実そうだし、喜ばしいけれど）

ここまで綺麗《きれい》になかったことになるのかと逆に不安になるくらい、清霞の嫌疑は綺麗さっぱり片付いた。

「納得いかない……という顔ですね」

美世の内心は新にはすぐさま見抜かれる。清霞もそうだが、表情から容易《たやす》く心情を悟られてしまうのは、美世がわかりやすいからだろうか。

「そういうわけでは。あの、訊《き》いてもいいでしょうか」

「いいですよ」

「――新さんは、最初から撃つつもりで、異能心教に加担していたのですか？」

無神経な質問をしているのは重々承知で、けれど訊かずにはいられなかった。

連日、今日と同じように新の元へ見舞いに通ってはいたものの、彼の怪我の具合がひどく、あまり長話をする雰囲気ではなかったので、腰を落ち着けて話すのはあれ以来初めてだ。

新は気にした様子もなく「まあ」とうなずいて、どこか遠くを見つめる。

「甘水に、勧誘されたので。そのとき思ったんですよ。『ああ、この男は、本当は抜け出せていないんだな』と」

今ひとつぴんとこず、何が何やらと首を傾《かし》げる美世に、新は笑む。

「甘水は澄美《すみ》さんを嫁に出した薄刃を見限って、離反した。反発する気持ちがあったはずです。けれど、帝《みかど》を斃《たお》して甘水自身や美世――薄刃を頂点にしたいと望んでいた。つまり、薄刃の異能者が帝国で一番強いのだと信じ、薄刃から離れてもその価値観から抜け出せていなかった」

「……身内に甘かった、ということでしょうか」

「そういうことですね。甘水に限らず、薄刃は閉じられた独特の環境のせいで皆、多かれ少なかれそういう気質はあるのですが」

言われてみると、そうかもしれない。

甘水は美世が何度も断っても、誘いをあきらめなかった。帝国を、世界を捧《ささ》げるのだと。

薄刃の孤独を知るのも、薄刃の真実の力を知るのも、薄刃だけ。

薄刃に連なる者ならば甘水の思想を当たり前に理解できて、賛同するに違いないという無意識の妄信からきていた、新はそう言いたいのだろう。

「俺を誘えば、ついてくると信じて疑わなかったのだろうし、まさか味方になったと見せかけて寝首を掻《か》こうとしていたなんて、思っていなかったんでしょう。もしくは、俺を自分自身に重ねていた」

長年かけて国家転覆を企てたくらいだ、甘水はもっと周到な人物で、警戒心が強いのだと美世は思っていたけれど。

新は、手の上の蜜柑ののった皿に目を落とす。

「気持ちはわかります。薄刃に連なる家に生まれて、理不尽を感じない人間はいません。その理不尽に対する不満は薄刃の外へ向きがちで、信じられるのは、わかりあえるのは身内だけと思いがちです。甘水の思想は耳触りがいい。そちらに流れたくなるのも、薄刃の人間なら流されてくれるはずだと考えるのも、理解できます」

また、甘水の世界は最初から最後まで澄美を中心に回っていた。彼女のために、何もかもを意のままにしたいと願っていた。

甘水と澄美の関係を中心に考えるなら、薄刃の価値観とは切っても切り離せない。しかも甘水自身が強力な薄刃の異能者であるから、なおさら。

どちらにしろ、甘水は薄刃の者であるという理由で、美世には異能を向けず、新を迎え入れた。

（純粋な人……）

甘水の精神はそういう幼さを内包していた。

「と、そういうわけで甘水の甘さにつけ込んで、異能心教に加わりました。気づかれたらその時はその時、と。甘水に勧誘されたことだけは、ちゃんと堯人《たかいひと》さまに伝えてありましたし」

「えっ」

堯人は新が異能心教に勧誘されていたことを知っていたのか。

「誘いに乗るか乗らないかは、好きにすればいいと言われたけれどね」

新が肩を竦《すく》めるのがおかしくて、笑いごとではまったくないのだが、美世は驚きつつも少し薄笑いしてしまった。

「ところで、俺も訊いていいですか？」

「はい……？」

真に迫る顔で美世を見た新は、おもむろに口を開く。

「美世、君が夢見の力を使って俺たちを夢に閉じ込めたのは、俺と甘水を守るためですか？」

美世ははっとして、新の目を見つめ返した。

まったくそのとおりだ。本当は甘水も、誰も死なせず、罪を償う道を辿《たど》ってほしいと美世は思っていた。そのために語りかけることをやめなかった。

けれど、夢見が告げた未来は残酷で、新が甘水を撃ち、新も相打ちとなって死ぬ——そんな未来を視《み》てしまった。

「管理棟で会ったときの君の言葉は、異能心教の構成員としての俺を止めるためではなくその後の、甘水を撃つ俺を止めるためのものだったんでしょう」

正しくは、すべてをひっくるめて、だけれども。

しかし、新の指摘は的を射ている。美世の意図は、きちんと伝わっていたらしい。ただ、それを面と向かって言われると、なんだか気恥ずかしい。

「は……はい。そうです」

誰にもいなくなってほしくない、傷ついてほしくなくて、暴力のない、傷つかない夢の世界に閉じ込めようとした。それで何かが変わると信じたかった。

結果として、新の死は避けられた一方、甘水の死は変えられなかった。

(夢見の力が強くても、使いこなすのは難しいと……思い知ったわ)

未来を知って、それを変えるために何をすればいいのか。どこまで他者に未来を教えてもいいのか。視えるだけでは、そこまではわからない。

同じく未来を視、上手く活用している堯人の凄《すご》まじさがよくわかる。美世はまだまだ未熟だし、たぶん思慮も足りていない。

「忠告を無視して、すみませんでした」

新が頭を下げるので、美世は慌てて両手を振った。

「そんな、わたしも至らないところが多くて……」

「言い訳、というわけではないんですが、実は、気づいたのは後になってからだったんです」

すまなそうに眉尻を下げる新。残念ながら、意図は肝心なときには伝わっていなかったようだ。

「そういえば、君は一度も『どうして甘水に与《くみ》するのか』とは訊かなかったな、と後になって思い出しまして」

新の言うとおり、美世の意識はのちに起こる、新と甘水の一騎打ちに向いていたからだ。

「夢見の異能を、完全に目覚めさせたんですね」

どこか寂しげに落とされたひと言には、薄刃家の人間として生きてきた新の、さまざまな感慨が含まれているようにとれた。

「はい。……でも、できればわたしは、もうこの異能を使いたくはありません」

せっかく覚醒させた力を、本来は有効に活用すべきだろう。

もちろん、異能を扱う訓練はこれからも怠る気はないけれど、それでも今回のような騒動はうんざりだった。

刃《やいば》の切っ先を向けられるたび、銃口を突きつけられるたび、心臓を凍った手指で摑《つか》まれるようで、身体《からだ》がすくんで動けなくなった。

額に風穴を穿《うが》たれた甘水の死にざまを思い出すたび、気分が悪くなって、涙が出る。

異能を使うということは戦いに身を投じるということ。

自分自身を含め、大切なものが増えた美世にはとてもついていけそうにない。

「わたしは……あの方が言っていたように、旦那さまに甘えきって、ちっぽけな幸せで満足している愚かな女です。でも、わたしはそれでいいと思いました」

あんなにも切望した幸せが今はこの手の中にある。それだけあれば十分ではないか。

たとえ夢見の異能でもっと多くの人を救えるとしても、歴代の手記を読み、美世にはそれほどの器がないと感じた。

他人を救い、かつ自身の幸せも維持できるほど器用でないのは、自分でよく承知している。

「甘水の言うことなんか、気にする必要はないですよ」

新が励ますように言うが、美世は無言で否定した。

気にしてはいない。ただ、甘水に言われたことは確かに核心をついていた。

「勝手かもしれませんが、誰のためにも異能を使わない代わりに、わたしはわたしの幸せをきちんと感じて生きたいんです」

夢見の巫女《みこ》としてはおそらく失格だ。しかし、異能者としての華々しい活躍は清霞たち、他の皆に任せよう。

甘水がいなくなり、薄刃が変わり始めて、新もこうして無事でいる。もう美世の出る幕はない。

だから、異能の有無やその価値に囚《とら》われず、ただ己と大切な人の幸福で隅々まで人生を満たして生きていたい。そういう生き方を、していたい。

それが今の、そしてこれからの、美世の願い。

いったん会話が途切れ、病室から音が消えると、廊下のほうから話し声が聞こえてきた。

「——気が変わったら、すぐに連絡してくれ。いいか、すぐだ」

「そんな日は来ませんので、迅速に別の人材を見つけてください」

詰め寄るような大海渡と、辟易《へきえき》した様子の清霞の声。

一緒に軍本部を訪れていた美世と清霞だったが、美世は病院に行かねばならず、清霞は司令部に用があると言ったので別行動をしていた。

清霞の用の相手は大海渡だったらしい。

聞いたところによると、甘水のせいで軍全体に深刻な人手不足が生じるそうで、司令部からも空いた穴を清霞に埋めてほしいとの依頼もあるとか。

大海渡の話はそれに関するものだったのかもしれない。

「終わったか？」

開け放された病室の戸口から着流し姿に、髪を結わずに垂らした軽装の清霞が問う。美世は従兄《いとこ》の顔と婚約者の顔を見比べ、うなずいた。

「……美世、もう蜜柑《みかん》を剝《む》いてくれないんですか」

ややいたずらっぽく不服そうに新がぼやけば、清霞がすかさず近づいてきて、その伸ばされた手を叩《たた》き落《お》とす。

新は「痛い」と呻《うめ》き、恨みがましく清霞を睨《にら》んだ。

「俺は病人ですが。久堂少佐は血の気が多くて困ります」

「美世が連日ここへ通うだけで十分、譲歩している」

口調が大変、苦々しい。

美世が足繁《あししげ》く見舞いに通うことに清霞はあまりいい顔をしない。必ず「今日もまたか」と渋々送り出してくれる、といったふうだ。

清霞自身の怪我《けが》もひどかったが、寝込むほどではなかったのも関係しているだろうか。

（旦那さま、前より甘えんぼになったみたい）

そう考えると、普段はきりりと美しく勇ましい清霞が、途端に可愛《かわい》らしく思える。

美世は口の端が緩むのを感じ、椅子から立ち上がった。

「ごめんなさい、新さん。もう行きますね」

巾着を手に提げ、清霞の隣に寄り添う。最後に美世は従兄を振り返って、会釈した。

「これから、旦那さまとデェトなんです。……それでは、また来ますね」

「ええ、また」

片手を挙げて答える新に背を向け、美世は清霞とともに病室をあとにした。

◇◇◇

軍病院を出た美世たちのデェトの最初の行き先は、呉服店『すずしま屋』。

大店《おおだな》ばかりが立ち並ぶ、帝都でも有数の広小路《ひろこうじ》に面した老舗の呉服屋に到着すると、すでに先客があった。

「ようこそ、いらっしゃいませ。久堂さま」

「世話になる」

すずしま屋の女将《おかみ》、桂子《けいこ》ににこやかに迎えられて、二人が店内に足を踏み入れた矢先、店の奥から微《かす》かに何か言い争う声が聞こえてくる。

「だから、ドレスは会食のときでいいじゃない！　白無垢《しろむく》、色打掛、ドレス。これで何がいけないの？」

「色打掛なんて古臭くてよ。式は白無垢、あとはドレスでいいわ」

「お茶会はドレスじゃ参加できないわ」

「それならお茶会も洋式のガーデンパーティーになさい。どうせ会場は帝都ホテルなのだから、それくらいできる場所はあってよ」

「招待客を卒倒させる気!? だいたい、もう段取りまでほとんど決まっているのよ。無理に決まっているでしょう！」

聞こえてきた舌戦の内容に、美世は清霞と顔を見合わせる。

言い合っているのは、葉月《はづき》と芙由《ふゆ》だった。どうやら婚礼衣装で揉《も》めているらしい。

美世は最近までまったく知らなかったのだが、芙由や葉月に結婚式の準備を進めてもらうよう、清霞がだいぶ前から頼んでいたそうだ。

本当ならもっと主役である美世たちも準備に率先して参加するべきだったが、何しろそんな余裕はなかったし、清霞はそんな状況を見越していたのだろう。

とはいえ元より、婚礼は家が行うものであり、本人たちよりも互いの家の意向が強く反映されるのが常。芙由も葉月も当然だと、二つ返事だったというけれど。

そういうわけで、美世が知らないうちに会場は押さえられ、招待状も発送し、段取りまで決まっていたのである。

あまりの手際のよさに少し驚いたが、ありがたい話だった。

「お義母《かあ》さま、お義姉《ねえ》さん。ゆり江《え》さんも。こんにちは、遅くなりました」

美世と清霞が、桂子の案内ですずしま屋のお得意さまだけが通される座敷《ざしき》に入ると、葉月はぱっと表情を明るくし、芙由はつんとそっぽを向く。

それをゆり江が微笑《ほほえ》ましげに……ほのかに険のある笑みで見つめていた。

「美世ちゃん、待っていたわ」

「婚家の親を待たせるなんて、いいご身分だこと」

「お母さまは黙ってて。さて、今日は衣装一式の確認よ」

芙由の嫌みを一刀両断し、葉月は立ち上がって美世に手招きする。

「さあ、美世ちゃん。こっちよ」

促され、美世は衣桁《いこう》に掛けられた婚礼衣装を初めて目にした。

最初は白無垢。正絹の純白の打掛に、華麗で、優美な鳳凰《ほうおう》と大輪の牡丹《ぼたん》との吉祥文様が銀糸で縫い取られている。

刺繍《ししゅう》と絹の光沢が光に反射して煌《きら》めき、きらきらと瞬いて見えた。

あまりに美しく、自然と頬が上気してしまう。

「綺麗《きれい》……」

「そうでしょう。実はお母さまがお父さまに嫁ぐときに着たものでね、私も着たのだけど。……嫌じゃないかしら？」

言葉に詰まって、首を横に振ることしかできない。

澄美が斎森《さいもり》家に嫁ぐときに着た衣装は、残念ながら残っていない。

母から受け継ぐものが何もなく、人生でこんなにも立派な衣装を着られる機会など決して訪れないと一年前はあきらめていたくらいなのだから。

まして、芙由と葉月が着たものを受け継げるなんて、こんなにもうれしいことはなかった。

「あらあら、泣くのはまだ早いわよ」

つい涙ぐんでしまったのが葉月に気づかれて、美世は慌てて笑みを作った。

「たかが衣装だけでべそべそと、みっともないったらないわね」

「奥さま」

相変わらずの芙由の毒づきを、すぐさまゆり江が窘《たしな》める。不本意を隠そうともせず黙り込む芙由も、どうもゆり江には厳しく当たらないらしい。

「美世ちゃんは髪が長いから、当日は地毛で島田に結えるかしらね。それとも、鬘《かずら》のほうが楽かしら……。清霞はどう思う？」

「……知らん。少し出てくる」

女ばかりの座敷で清霞は居心地がよくないようで、眉間にしわを寄せながら、座敷を出て店舗のほうへと去っていってしまった。

「仕方のない男ねえ、ほんと」

葉月はすっかり呆《あき》れかえって目を丸くするが、桂子が特に清霞の行動に触れることなく、即座に話を戻した。

「鬘はこちらで用意できますよ」

「そうね。頼もうかしら。お母さまがドレス、ドレスとうるさいし、洋装に着替えるなら鬘のほうがあとで髪を整えるのも楽よね。美世ちゃんも、どう？」

「は、はい。ありがとうございます」

では次ね、と葉月に促され、美世は隣の衣桁に視線を移す。

今度は色直しのための色打掛だった。

こちらも素晴らしい出来栄えだ。肩から裾に向かって、薄紅から鮮紅へとだんだんと濃く染まっていく艶《あで》やかな色の地に、金糸で縁どられた見事な白い鶴が二羽《わ》、桜の花が咲き誇り、流水の文様が漂う中を飛んでいる。

薄紅を用いた明るい色味ながら、柄は金糸で上品にまとめられていて軽薄さはなく、それでいて華やかだ。

「とっても、綺麗です」

「こちらはすずしま屋さんに頼んで、美世ちゃんに一番似合いそうで、可愛いものを仕立てたの。気に入ってもらえてよかったわ」

それから、桂子の説明で必要な物一式の確認をする。

肌襦袢《はだじゅばん》、長襦袢。綿帽子、半襟に帯、足袋や草履、あとは懐剣、筥迫《はこせこ》などの小物など、すべて新調したとのことだった。

たった一度きりの婚礼にこれだけのものを揃《そろ》えるとなるともったいないような気もするが、此度《こたび》ばかりは遠慮するところでもないだろうと、美世は素直に感謝を述べていた。

「確認が要るのは、これくらいかしら。会食用のドレスはお母さまが専門のお店に注文しているらしいから、仮縫いもあるだろうし、また今度ね」

葉月は唇をへの字に曲げた芙由をちらと横目で見て、小さな吐息を漏らす。

「ありがとうございます。何から何まで、お任せしてしまって……」

「いいのよ。美世ちゃんは、次の代の子たちに同じように用意してあげてちょうだい」

美世は目を瞬《まばた》いた。

次の代となると、美世にとっての娘や、嫁だろうか。そんな遠くの未来はまだ少しの想像すら難しい。

なんと答えたらいいかわからない美世に、葉月は声をひそめて苦笑する。

「お母さまも口には出さないけれど、あれだけいろいろ主張するのだもの。きっと心の中では楽しみにしているんだと思うわ。だから、迷惑をかけたとか、気負わなくていいからね」

「はい」

これにはしっかりとうなずき返す。

芙由はお世辞にも、優しいとは言えない性格ではあるけれど、決して気遣いのまったくできない人というわけではないと美世は思っている。

だから葉月の言うこともよくわかった。

それも全部含めて、美世が嫁入りする久堂の家。美世にとっては、十分に温かくて優しさに満ちた家だ。

「あの、わたし、少し式が楽しみになってきました」

美世は華やかな色彩に満ちた座敷をあらためて見回し、胸に灯《とも》った温かさを口にした。

こうして衣装などを見ていると、圧倒されるとともにじわじわと実感が湧いてくる。久堂家の人間になるまで、もうあとわずか。

不安もあるし、斎森美世でなくなることに寂しさや惜しむ気持ちがないわけではない。

それでも、久堂の一員になれるのは純粋に喜ばしい。

「あら、少しなの？」

いたずらっぽく笑う葉月に、美世は慌てて否定する。

「い、いいえ！　すごく、とても！」

「そう、よかったわ。よかったわね、清霞」

「………まあ」

姉にからかわれ、いつの間にか座敷へ戻ってきていた清霞の眉間に、深い深いしわが刻まれた。

けれど、どことなく彼が安堵《あんど》している気配が伝わって、それがまた美世をうれしくさせる。

清霞も式を、結婚する日を心待ちにしてくれているのだとわかるから。

「そうそう。二人とも、段取りや招待客の一覧は見てくれた？」

「ああ。特に問題はなさそうだったが」

葉月の問いに清霞が答えると、「ええ、でも」と葉月は続ける。

「もし何か、要望があったら言ってね。今から間に合う範囲ならなんとかするわ」

美世は招待客の一覧を清霞に見せられたときのことを思い出す。

さすがに名門、久堂家当主の婚礼とあって、家同士の付き合いから異能者として、また軍人としての付き合いのある客まで、さまざまな名前がずらりと並ぶ。

薄刃家や対異特務小隊《たいいとくむしょうたい》の面々などを除き、そのほとんどを美世は知らなかった。

そして、その一覧を最後まで見終わったとき——本当に、本当にわずかばかり、ほっとした。

一覧のどこにも『斎森』の名がなかったからだ。

ひとりも婚礼に出てこられない家族が情けなく、けれど、晴れの日に顔を合わせなくていいのだと安心している自分もいた。

いつまでも意気地のない己が嫌になる。

(よかったのよね、これで)

正直、迷いは今もある。しかし、父や継母《ままはは》、異母妹の名を一覧に追加してほしいと申し出る勇気は、美世にはない。

逡巡《しゅんじゅん》する美世の肩に、清霞の手が置かれる。

「私は無事に式を挙げられればそれでいい」

「ま！　そういう気の利かない発言をする男性はどうかと思いますよ、坊ちゃん」

ゆり江が言えば、葉月も「そうよ、そのとおり」と同意した。また芙由ももの言いたげに呆れた視線を清霞に向けている。

珍しく女性陣の意見が一致したらしい瞬間だった。

けれども、本音を言うと美世も清霞と同じ気持ちだ。葉月たちが準備してくれた心尽くしの式は楽しみだし、うれしい。ただ、たとえどんな式だったとしても、美世は清霞と夫婦になれるだけで十分。

彼と生きていけることこそが、美世の幸せなのだ。

むす、と黙り込んでいる清霞に、美世はそっと笑いかけた。

「あらあら。すっかり夫婦らしくなられて。ね、奥さま」

「……知らないわ」

ゆり江が美世たちの様子を見て話を振れば、清霞とそっくりな不機嫌な顔で目を逸《そ》らす芙由。

一部始終を聞いていた桂子は客の手前、大笑いはしていないが、どうにも笑いを抑えきれていない。

いったん会話が途切れたところで、葉月がさて、と軽く手を打った。

「ここまでにしておきましょう。二人とも、今日はこれから久しぶりにゆっくり過ごすんでしょう？」

そうだった。デェトはまだ始まったばかり、これからどこへ行くとも決めてはいないけれど、美世は清霞とのんびりと羽を伸ばすことになっている。

「しっかり休んでおいてね。でないと」

すっと真顔になった葉月がとんでもない脅し文句を口にした。

「当日はお客さまもたくさんいらっしゃるだろうし、新聞社の取材なんかもくるだろうから、疲れるわよ。心の準備もしておいてちょうだい」

「えっ」

招待客はともかく、取材。名家の婚礼は新聞で報じられてしまうらしい。ぞくりと背筋に悪寒が走った。

「美世」

「あ、はい。お義姉《ねえ》さん、お義母《かあ》さま、ゆり江さん。女将《おかみ》さんも、今日はありがとうございました」

最後の最後で思わず及び腰になりつつ、美世は清霞とすずしま屋をあとにする。

婚礼の準備は終わらない。まだいろいろと詰めるべきこともあるけれど、二人は半ば追い出されるように店を出た。

帝都の街路は、冬の外気に春の陽気が混じり、人々も春の目覚めを本能で感じているのか、ほんのりと明るく朗らかな雰囲気に包まれている。

まだまだ春の訪れには早くとも、日向《ひなた》は雪もすっかり融けて道は乾き、今は丸裸の街路樹もそろそろ芽吹きを期待させる。

けれど、時たま吹く風はまだ冷たい。

「はあ。すまない、慌ただしくなって」

歩きながら清霞がこぼした謝罪に、美世は「いいえ」と返す。

先ほどまでの楽しくて、高揚していた気分が落ち着き、祭りの夜が去ったあとのような静けさが二人の間には漂っていた。

彼の『慌ただしい』に、いくつかの意味が含まれているのは承知している。

ひとつは、清霞自身が甘水の起こした政変未遂にかかわって家をよく空けており、しばらくすれ違うことが多かったこと。

もうひとつは結婚式のことだ。

葉月や芙由、ゆり江に頼んでいたおかげで清霞の宣言どおり、春のうちになんとか式を挙げられそうではあるけれど、冬に腰を据えて備える時間を持てず、浮足立ってしまっている感は否めない。

美世も薄刃の者であり、甘水に狙われていた身。このひと月あまり、事情聴取や捜査協力など、要請されれば知らん顔はできなかった。

つまるところ、今日になってようやく丸一日時間を空けることができたくらい、美世も清霞も互いに忙しく、本来なら結婚式どころの話ではないのだ。

「いいえ」

もう一度、そう口にしてから、美世は自分から清霞の手にそっと触れた。

「忙しくしていたからこそ、今のわたしは――旦那さまといられて……あの、うれしい、です」

言ってみたはいいけれど、途中から恥ずかしくなって尻すぼみになってしまう。

我ながら浮かれすぎていて面映《おもは》ゆい。ひどくけたたましく鳴っている鼓動と、赤くなった頬に情けない気持ちで、美世はうつむいた。

清霞からは、何も返ってこない。

どうしたのだろう、とおそるおそる上目遣いに彼の顔を見上げてみて、仰天した。

いつも冷静沈着、動じることなど滅多にない清霞の両頬も美世のそれと同じく、薄《うっす》ら赤く染まっている。

恥ずかしがっている、あの、清霞が。

「お前……」

「は、はい。ごめんなさい……」

もう、自分の心を婚約者に知られているのだと思うと、二人で並んで話しているだけなのになんだか居たたまれない。

(ああ、わたしが余計なことを言ったから……)

つい数秒前のうっかり調子に乗って口を滑らせてしまった自分が恨めしい。

そんな若干のぎこちなさを醸してどこへともなく歩き、二人はある店に立ち寄った。

その甘味処《かんみどころ》は、美世と清霞が初めて二人で外出した際に、すずしま屋から出たあと寄った店だった。

(懐かしい)

去年の春、清霞に誘われて出かけた日、彼の優しさに触れて、ずっとついていきたいと願った日。

あのときと変わらずにある甘味処の暖簾《のれん》をくぐり、変わらず盛況な店内で、美世は清霞と向かい合って席につく。

「また、あんみつか」

美世が昨年のことを思い出しながら、まるで過去をなぞるようにあんみつを注文すれば、清霞もまた甘味の類は何も頼まず、茶だけを所望する。

「はい。前に食べたときは……実は、味がわからなくて」

美世はわずかに緊張して、本音を告白した。

よく覚えている。まだ出会ったばかりの縁談の相手とちょうどこんなふうに、向かい合って座っているだけでも落ち着かないのに、その向かい合っている相手がまた老若男女、誰もが見惚《みと》れる美形で、周囲の女性の目が険しく、おそろしかったことを。

清霞は心当たりがない、と言いたげに眉を顰《ひそ》める。

「……視線が、気になったんです」

たぶん、幼い頃から注目され続けてきたであろう清霞は、今さら面識もない通りすがりの有象無象の目など気にしないのだろう。

けれど、実家から出ることすらほぼなかった美世からすると、身の置き場がなく、たいそう居心地が悪かった。

「視線？」

「はい。ですから、今日こそはと」

あの頃は、清霞と再びこうしてここへ来られるとは、想像もしていなかった。

異能もない、見鬼の才すらもない。ゆえに、存在する価値もない。

そんな劣等感の塊だったから、事実が明るみに出たら婚約者として不適格だと追い出されるに決まっている、そう信じて疑わなかった。

まさか追い出されるどころか、こんなにも穏やかな気持ちで清霞とともに時を過ごせるなんて、あの日の自分に教えても信じないに違いない。

「視線なら、今日もあるがな」

——特に男性客の。

そうして、過去を振り返ることに気をとられていた美世は、ぼそり、と呟《つぶや》かれた清霞の言葉をまるきり聞き逃した。

「え？」

「……なんでもない」

しばらくしてテーブルに運ばれてきたあんみつは、とても美味だった。

少しだけ小豆のつぶつぶとした食感の残る餡《あん》は上品な甘さで、白玉と合わせると幸せな気分になる。そこへ、寒天の口当たりのよさが口内をさっぱりとまとめてくれる。

あんみつがこんなにも美味《おい》しいものだとは知らなかった。

「とっても美味しいです」

美世が夢見心地で匙《さじ》を片手に感嘆の息を漏らすと、清霞はゆったりと美しい微笑《ほほえ》みを浮かべた。

「よかったな」

「はい。ふふ」

去年とは同じところもあるけれど、やはり違うところのほうが多い。なんだかそれがおかしくて、美世は笑ってしまった。

『……お前は本当に笑わない』

清霞はそう言ったのだ。自身も見事な仏頂面で。

きっと今の美世の表情も彼の表情も、去年の面影などまったくないだろう。まだ一年も経《た》っていないのに、二人の距離は大きく変わった。

すべては美世と根気よく付き合ってくれた、清霞のおかげ。恐れ多くも幸せだ。

「何を笑っているんだ？」

「なんでもありません」

清霞が怪訝《けげん》そうな顔をするのが、なんだかおかしい。美世は口許《くちもと》を押さえてまた笑った。

湯呑《ゆのみ》の中と、あんみつが入っていた硝子《ガラス》の器が空になると、勘定を済ませて二人は甘味処を出、また歩きだす。

（ぽかぽかして、気持ちいい）

昼を過ぎ、日が高くなって、暖かな屋外はより春を感じられた。これほど暖かければ、すぐにでも花の季節がやってくるかもしれない。

「旦那さま」

「なんだ」

美世は次にぜひ行きたい場所を告げた。

どうしてそんなところに、と言いたげな清霞だったが、反対せず美世の要望を聞き入れてくれる。

二人で初詣に行った神社は、さすがにあのときとはまるで違い、参拝に訪れている人の姿はまばらだ。

石畳の参道もひどく静かだった。

正月の喧騒《けんそう》やあの異様に殺伐とした空気は、一片たりとも残っていない。異能心教も平定団も最初からなかったみたいに、いたって穏やかな光景が広がっているだけだ。

たぶん世間でも、次第にそのような組織があったことも、それによって事件が起こったこともあっというまに忘れられるのだろう。

美世の中では一生、なくならない出来事だったとしても。

（それにしても、本当にのんびりしてしまうわ……）

美世は歩きながら耳を澄まし、微《かす》かな風音を聞いて、春の陽気を感じる。

しばらく慌ただしく過ごしていたためか、二人で言葉少なに歩く参道はとても心地よい。

たくさん話すのは互いにさほど得意ではないけれど、何も言わずとも感じていることはなんとなく伝わっている気がした。

「久堂家はもともと、京《みやこ》で神事を司《つかさど》る一族だったと前に言っただろう」

「はい」

ふと、清霞が社殿のほうを眺めながら、呟くように言う。

「実は、面倒な話ではあるのだが、現在も旧都には久堂の本家筋……というような家があって、代々神社と神事を守り、受け継いでいる」

「久堂家は本家ではなかったのですか？」

「いや、家が分かれたのはずいぶん前の話だ。数百年は経っているし、すでにそれぞれがそれぞれの家として脈々と続いている。今さら、互いに本家だ分家だと主張することはないのだが」

美世は意外な事実に驚きを隠せない。

分かれたのが数百年前だというのならほぼ他人のようなものかもしれないが、強力な異能者を輩出する名門として、異能にかかわる者なら知らない者はいないほどの久堂家が、元は分家だったとは。

ただ、と清霞は言葉を続ける。

「先代まで婚礼はその旧都の神社で行うことになっていた」

「では、わたしたちも？」

それが慣例なのであれば、無視はできない。式は今のところ帝都で行うことになっているが、もしかして旧都で再度、式を挙げ直す……なんてこともあるのだろうか。

問い返した美世に、清霞は首を横に振った。

「とりあえず、今は旧都まで行って式を挙げている余裕はないから、目を瞑《つぶ》ってもらった。だがまったく何もしないというわけにもいかない。いずれは挨拶をして、あるいは茶会のひとつでも開く必要がある。そのつもりでいてくれ」

「そうだったんですね……わかりました」

挨拶や茶会などという話はいったん置いておくとしても、旧都はどんなところだろうと、美世は思いを馳《は》せる。

漠然と雅《みやび》やかで独特な趣のある場所という印象があるけれども、実際に行って確かめてみるのは楽しみだ。清霞と一緒にどんな景色を見て、どんな体験ができるかと想像するだけで胸が躍る。

（それに）

かの地には、幸次《こうじ》がいる。

手紙も交わさず、風の噂《うわさ》すら聞こえてこない幼なじみの彼が今どんなふうに過ごしているのか、ずっと気になっていた。

会えはしなくとも様子を耳にすることくらいはできないだろうか。

（まずは婚礼を済まさなくてはいけないけれど……）

旧都を訪ねるのはまだ少々先のことだ。

会話もそこそこに、二人は大きな鳥居をくぐり、境内に足を踏み入れる。並んで社殿の前に立ち、賽銭《さいせん》を放ってから二礼二拍手。

手を合わせ、瞼《まぶた》を閉じれば、多くの感情が去来した。

初詣で、美世は己の迷いを神に投げかけていた。どうしたら自分の想《おも》いと向き合えるのか、自分の『愛』に名をつけてもよいのかと。

考えて、悩んで、そうしてやっと気持ちの整理をつけられたと思う。

他にもまだ考えるべきことはたくさんあるし、悩みは尽きない。けれど、無事に清霞とまた未来を語り合えるのは答えを出せたから。

（ありがとうございました）

正月と違って、参拝者の少ない今日は長々と手を合わせていても、迷惑はかからない。

美世はじっと祈り、己の心を見つめたのちに、短い礼を心の中で告げて締めくくる。

「何もないときの神社も悪くないな」

最後に一礼して社殿に背を向けつつ、清霞が言うのに美世もうなずく。

「とっても落ち着きます。また来てもいいですか」

「ああ。……さて、次はどこへ行くか」

小さく笑いあってから、そんなふうに次の目的地も決めずに二人は神社を離れた。


当てもなく、ただ丁寧に冬の風と春のぬくもりを味わうように。

ときには路面電車に乗って散策を続ける美世と清霞は、気づけば帝都の中心とはまた違った賑《にぎ》わいの下町近くまで来ていた。

格式張らない半ば露店のように雑多に立ち並ぶ、菓子店や雑貨店。

あちこちで客引きの声が響き、色彩豊かな幟《のぼり》が幾本も立ち並ぶ。行き交う人々の様子もさまざまで、どこか堅苦しさを孕《はら》む帝都の中心の繁華街とは趣が異なる。

「ああ、あそこがいいか」

「あそこって……？」

何かを思い立ったらしい清霞に問い返すと、彼は「あれだ」と遠くに見える建造物を指し示した。

道に並ぶ建物と建物の間、春先らしく霞《かす》む景色の彼方《かなた》に、空に届くのではないかと思うくらい高い塔が薄《うっす》らうかがえる。

美世も何度か遠目に眺めたことはあれど、近くには行ったことがない。あれは——。

「いわゆる、十二階だ」

登るのはなかなか大変だが、その眺めは極めて素晴らしく、帝都を一望できるという。あんなにも高いところには、美世は生まれて一度も登ったことがない。あの高い建物に一般人でも立ち入ることができるのも、初めて知った。

上から帝都を見下ろすとは、いったいどんな心地になるのだろうか。

帝都を広く見渡せると聞いては、行ってみたくてたまらない。

「高いから少々寒いだろうが、行くか？」

「はい。ぜひ」

雪解風《ゆきげかぜ》にさらわれ靡《なび》く、藍色の羽織《はおり》から伸びた清霞の手を緩く握り、雑踏の中を進んでいく。

眼前に迫った十二階は見上げると首が痛くなりそうなほど高い。今からここに登るのだと思うと、美世は無意識にやや身構えた。

名のとおり、十二階ある高層の建物は、途中まで赤レンガ造りで上層は木造らしい。

入場料を支払って中へ入ってみれば、美世が思い描いていたような西洋の塔とは違って、各階にそれぞれ売店などが入っており、ちらほらと客の姿がある。

ただ、想像よりも客足は乏しい。

昇降機が動いていないため、やはり覚悟していたそのまま、最上階までの階段を上がることになった。

（……たぶん、階段を上がるのが億劫《おっくう》だからお客さんが少ないのね）

美世は徐々にだるくなってきた腿《もも》を意識しないようにして、そんなことを考える。

先を行く清霞の歩調は非常に遅く、また時折、美世を気遣って振り返りつつ登っていく。

当然だけれど、その足取りには一分の疲れさえ滲《にじ》ませない。

まだ階段が続くのだろうか、とそろそろ不安になってきた頃、階上の景色がいっぺんに開け、同時に冷たい空気が顔に吹きつけた。

「わあ……」

最上層の展望室は、人がいない。そのおかげで、狭い室内でも四方に取り付けられている大きな窓から外がよく見えた。

転落を防止するためか、長身の清霞の背丈ほどもある柵に囲まれた、その向こう。

帝都の街並みが、地平線の遥《はる》かまでずっと続いている。地上に張り巡らされた道を行く人の米粒ほど小さい頭がたくさんあって、当たり前にひとつひとつが蠢《うごめ》いているのが不思議だ。

ひゅうと吹きつける寒風は冷ややかだけれど、そんなことも気にならないほど目の前の眺望は興味深くて堪《たま》らない。

「高いですね」

自身はたいして興味がないのか、下を覗《のぞ》き込むことはせずに一歩下がって立っている清霞を顧みると、彼は目を細める。

「そうだな」

「帝都って、こんなにも広かったんですね……」

美世は風に流される髪を押さえ、しみじみと感じたことを素直に口にした。

生まれて二十年帝都で暮らし、されども美世の知る世界はごく狭い。この一年で多くのことを経験したといえど、今のように物事を俯瞰《ふかん》してみるということをしてこなかった。

見晴らした帝都は広く、帝国全土はさらに広大だ。

「全部、どうでもよくなってしまいそう」

ひとり、ひとりなど実にちっぽけで、蜘蛛《くも》の巣《す》に引っかかってもがく羽虫と変わらない。

そんな気分になる。

「虚《むな》しいか？」

清霞の寂寥《せきりょう》を含んだ問いに、美世は「いいえ」と答えた。

「虚しくはなりません。ただ……わたしは少し、勘違いをしていたのかもしれないと」

吹きつける冷たい風を浴び、己の心境が、刻一刻と変化している感覚を憶《おぼ》える。甘水と対峙《たいじ》したときとも、先刻、新と話していたときともまた、違う。

誰かに心情を打ち明けるとき、このように新しい体験をしたとき。

澱《よど》み、燻《くすぶ》っていた心はその折々で、綺麗《きれい》に洗われて生まれ変わり、美世に気づきを与えてくれる。

「勘違い？」

訝《いぶか》しげな清霞に微笑《ほほえ》みかけ、美世はまた茫洋《ぼうよう》とした眺めに視線を戻した。

「はい。なんだか……夢見の力が強まってから、わたしは勝手に何かを背負った気分にな

って いて」

「…………」

「でもそれを背負いたいとは思えませんでした。だから、普通の幸せの中で生きるために、多大な覚悟で以《もっ》てそれを棄《す》て去る努力をしなければならないと思えて」

夢見の異能で、美世は多くのものを見た。

過去、未来、現在——とりとめのない物事の断片ばかりのそれを、清霞を救うためにやむを得ず取捨選択したけれど、本当はすべて背負うべきだと感じていた。

(でもわたしには、重すぎるわ)

ゆえに覚悟をして捨てようと、捨てるにはそれなりの決意が必要だと、新に言ったのはそういう意味だ。

「それは、違うだろう」

清霞の言を聞き、美世はうなずく。

「はい。わたしも今、思いました。……もともと、ひとりが背負うべきものなんてそんなにたくさんないのではないかと、そう」

普通にしていればいい。見渡すかぎり、こんなにも大勢の人がいる世界で、どんなにたいそうな力を持っていようと人ひとりの影響はごく小さいに違いない。

異能で立派な何かを成し遂げようとか、大活躍をするだとか、おこがましい。それを捨てる努力などというものもまた、然《しか》りだ。

清霞が一歩踏み出して、美世の隣に並ぶ。その手が、美世の肩に回ってゆっくりと引き寄せられた。

「お前はお前らしくいろ。最初から、そういう話だっただろう？」

「……はい」

寒さをしのぐように、美世は腕に頭を預けて寄り添う。温かな清霞の鼓動を近くに聞き、どうしてか涙が出そうだった。

「皆、そういうお前を気に入っているのだから」

彼の言う皆。その中には、斎森の家を出て出会った、たくさんの人が含まれているのだろう。

一年前には思い描くことすら難しかった、奇跡のように尊い現実。

これからも美世が死ぬまで大切にしていきたいぬくもりと日常を、守ることができて良かったと心底思う。

「旦那さまも？」

「ああ。私もだ、美世」

確かめずにはおれなかった問いに素直な答えが返されて、安心する。清霞に『美世』と一度呼ばれたら、それだけでずっと幸せでいられる。

清霞と出会って、自分の名が初めて好きになれたのだ。美世が美世らしく、そのままで生きていてもいいとようやく信じられた。勇気を持てた。

耐えきれずに涙のひと粒が目尻から転げ落ちる。

「実は私も、少し荷を下ろそうかと思っている」

ふいに告げた清霞の、肩に回った手に美世は自分の手を重ねる。

「閣下とも話してな。いずれ、もう少し軍のどさくさが片付き、収まったら——私は、軍人を辞める」

え、と驚いて婚約者の顔を見上げた。その彼の眼差《まなざ》しはすっと真《ま》っ直《す》ぐ前にまだ遠い未来を見据えているかのよう。

「どうして……」

美世は、軍人の清霞しか知らない。彼ほど、軍で頼りにされているであろう人も知らない。彼が囚《とら》われている間の五道《ごどう》の嘆きなど見れば、なおさら。

異能者は軍属でなくとも、異形《いぎょう》と戦う役目がある。

それでも清霞が軍人でいるのには、彼なりの大きな理由があるのだとなんとなく察していたから、辞めると言い出すなんて露ほども考えなかった。

「初めから私は軍人には向いていなかったのだろう」

「でも、せっかくずっと軍で働いていらっしゃったのに」

もったいないと思った。

軍での清霞の地位は高い。単なる小隊の隊長ではあるけれど、彼を重用したがる大海渡もいるし、積み上げた功績もあり、軍内部で広く名も知られている。

辞めてしまえば、それらがもろともふいになってしまうのだ。

「構わない。もともと最初は軍に入ろうとは考えていなかったからな」

清霞はゆっくりと低い位置にある美世の顔を見下ろした。

以前、五道から聞いた。清霞は五道の父が殉職してしまったことに責任を感じて、進路を変え、軍に入ったのだと。

ならば、彼の中で何かけりがついたのかもしれない。

これからたくさんのことを、清霞から聞きたい。幼い彼が過去に見ていた夢、彼が思ったこと、感じたことを。

「……それとも、軍人でない私では、お前と釣り合わないだろうか」

「いいえ、滅相もありません。旦那さまがそうしたいと思われるのでしたら、わたしは旦那さまを応援いたします」

「応援か」

「はい。応援します」

ぐ、と力を込めて清霞の瞳を見つめ返せば、彼は急に顔を背けて噴き出した。

「どうして笑うんですか」

「別に応援してもらわねばならんことは何もないからな。だがまあ、ありがたく受けとっておく」

寄り添っていた身体《からだ》が、にわかに離れる。

先に展望室の出口へと身を翻した清霞に、美世は慌ててついていった。

各階の様子をゆっくり見て回りながら十二階を降り、二人が一階の出入り口から外へ出たときには太陽が傾き始め、空は薄藍へと変わりつつあった。

「帰るか」

「はい」

しかと再び互いの手を握り、下町の細路を進む。大路に出たら路面電車を使い、揺られているうちに見覚えのある風景へと戻ってきていた。

幾度も通った道、よく訪れる商店に、対異特務小隊の屯所。知らない場所も楽しいけれど、すっかり見慣れた街並みは、やはりほっとする。

道に沿って並んだ瓦斯灯《ガスとう》に、ちらほらと光が灯《とも》りだす。

日が落ちてしまうと気温が下がって、まだ冷える。美世は白い息を吐き、襟巻きを巻きなおした。

先日、式の清《きよ》とともに来たときとは打って変わり、対異特務小隊の屯所付近は深々として、通りがかる人もない。

例によって屯所内に入り、停《と》めてある清霞の自動車に二人で乗り込んだ。

「美世」

エンジンをかけハンドルを握った清霞は、自動車を発進させてしばらくした頃、おもむろに美世の名を呼んだ。

「はい」

「……………。少しは気晴らしになったか」

最初になにやら珍しく、もごもごと何かを言いかけてやめた清霞の問いに、首を傾《かし》げつつも首肯する。

「はい。楽しかったです」

「そうか」

いったい、何が訊《き》きたかったのだろうか。

美世の疑問は、家に到着してからようやく晴れた。

帝都の中心地を離れ、暗い田舎道を進んだのちに見えてくる、美世にとってもすでに安心できる我が家となった郊外の家。

初めて清霞と出会った場所、たくさんの他愛のない、けれど大切な記憶が詰まった家へと帰りつく。

自動車を降り、灯《あか》りに照らされた玄関の戸に手をかけて、清霞はそこで動きを止めた。

「旦那さま？」

「こんなところでどうかと思うのだが。……家の中では、その、気まずくなりそうで」

そう前置きしてから彼は己の懐を探り、何かを取り出すと、それを美世に差し出した。

受け取ってみて、美世は目を瞠《みは》る。

可愛《かわい》らしい簪《かんざし》だった。淡い朱色をしたささやかな縮緬《ちりめん》細工の桜の飾りがついた、金の簪。これからの時期にぴったりの。

ひと目見て胸が躍る、そんな可憐《かれん》な簪だ。

「素敵……これを、わたしに？」

気が逸《はや》るのを抑えて美世が訊《たず》ねると、清霞はうなずく。

「すずしま屋で目に留まってな」

似合うと思った、と言いにくそうに口ごもる。この簪をいつ渡そうかと、ずっとひとりで気をもんでいたのだろうか。

そんな彼の様子は幼い彼自身を模した式である清の姿と重なって、年上の男性しかも敬うべき婚約者に抱く感情ではないとわかっていても、微笑《ほほえ》ましい。

優しくて、不器用で、意外に甘えんぼで、ときどき可愛らしい人。

こんな人が婚約者で、美世は幸せだ。

「なんだ」

「旦那さま」

美世は受け取った簪を今一度、照れ隠しの仏頂面をしている清霞の手に返し、くるりと背を向ける。

「挿してくださいますか」

「……ああ」

清霞はややほっと胸を撫《な》で下《お》ろしたようで目元を和らげると、さすがの慣れた手つきで美世の髪にそっと簪を挿す。

婚約者が己の髪に触れる感覚はくすぐったくて、手足がむずむずと動いてしまう。そして、美世は再び清霞に向き直り「どうですか？」と訊ねた。

「似合いますか？」

「ああ。思ったとおり、可愛らしいよ」

清霞の率直な賞賛が胸に沁《し》みる。はしたないけれど、ついにやけてしまうのを止められない。

確かワンピースを初めて着たときも「可愛い」なんて言っていて、感想はそればかりなのかと一般的には怒るところなのかもしれない。

しかし、普段はたいそう口下手な清霞だ。

その彼からの、ただの「可愛らしい」が美世にはうれしくて仕方ない。

「ありがとうございます、旦那さま。これから、毎日挿しますね」

「毎日でなくてもいいが」

「いいえ。春の間は毎日挿します。だってもう、お気に入りになりました」

言ってから、美世は自分も用意していたものがあったことを思い出す。

――毎日。そう、清霞は美世が初めて贈った組紐《くみひも》を本当に毎日使ってくれていた。

けれど、捕縛され全身傷だらけにされるような扱いを受けた彼から、あのときの組紐は切れてどこかへ紛れ、失くなってしまった。

「旦那さま、これを」

美世は巾着に忍ばせていた、新しく編んだ組紐を取り出し、少し背伸びをして清霞の髪に結ぶ。

「今度は薄花《うすはな》か」

「お嫌ですか？」

「いいや、ありがとう」

ふ、と吐息交じりの笑みを浮かべ、清霞は瞑目《めいもく》した。瞼《まぶた》が閉じられて目元に影を作る長い睫毛《まつげ》が美しい。

二人で互いに髪飾りを送りあって、いったい何をしているのだろうと思わないでもないけれど、やはりこれも、まだこの家に来たばかりの頃の大切な思い出に繋《つな》がる。

初めてデエトした日の夜に櫛《くし》をもらって、組紐を返したことを。

だからきっと、これが美世と清霞らしさだ。

「美世」

「はい」

腰に回された腕が、美世の身体をやんわりと引き寄せる。そのまま、清霞の胸に顔を埋めるようにして美世はすっぽりと抱きしめられた。

「牢《ろう》にいたとき、お前のいるこの家とただ平凡な日々が、恋しくて堪《たま》らなくなった」

掠《かす》れたその声はいつもの一本芯の通ったものよりも、少しだけ弱々しい。

「わずかな時間、離れるくらいなんともないと考えていた。だが、私はもうとっくにお前がいないと駄目らしい」

「旦那さま……」

とく、とく、と控えめだけれど、跳ねるみたいに打つ鼓動は、いったいどちらの音だろう。

もうすっかり慣れてしまった清霞の香り。

美世が清霞なしではいられないのと同じで、清霞にもまた美世が必要だと。彼がそう言ってくれることがどれだけ美世を喜ばせるのか、彼はきっとまだ知らない。

この胸が張り裂けそうなほどの美世の想《おも》いの重さも。

(わたし、旦那さまに恋している)

もう恐れない。躊躇《ためら》いもしない。

清霞に対してだけは、いくらでも我がままになってみせる。

たとえこの想いによって、傷つき、傷つけられることがあったとしても、美世は美世の全部で受け止めて恋するのだと決めた。

「お前が私の命だ、美世。──私と、結婚してほしい」

星屑《ほしくず》に似た一度目の吐露とは違う、じんわり溶けゆき、沁み込む雪片のように柔らかく、優しく、それでいて確かな愛の言葉。

美世は今度こそ、素直に受け取ることができた。

「はい、喜んで。……愛しています。清霞さん」

清霞の背に美世もやんわり腕を回す。

夕暮れどきを過ぎ、夜の闇があらゆるものを包み隠して、二人を照らすのは玄関の灯りだけ。けれど、どんな闇も互いの体温だけあればもう何も、怖くはない気がした。

美世が清霞の命ならば、清霞は美世という存在のすべてだ。今の美世を形作ってくれたのは、心をよみがえらせてくれたのは、清霞だから。

もし離れることがあれば、互いに成り立たない。

(愛しています)

美世は心の中で重ねて告げる。

永遠に、一緒に。

幸福なこのときを、この先も、一刻、一刻を、この人とずっと刻んでいきたい。

終章

夜明けもめっきり早くなり、震える寒さが去って。足元の土からは冬の枯草に交じって、緑が次々と萌《も》え立《た》つ。

庭から見上げた淡い雲が流れる空は薄霞《がす》み、包み込む日の光からそこはかとない春気を感じる。

再び、花ざかりの季節がやってくる。

美世《みよ》は裏手の洗い場から洗濯籠を抱えて運び、庭の物干しに干していた。竿《さお》にかけた洗濯物が穏やかな風に吹かれてはためいた。

「ふう」

今日も晴れて、洗濯物もよく乾くだろう。干し終えた洗濯物を見て、美世は息を吐く。

すっかり春めいた近頃は婚礼も迫り、美世も清霞《きよか》もまた多忙な毎日を過ごしている。会場を見に行ったり、衣装合わせをしたり。

忙しくとも二人の未来のためだと思えば、たいして苦にもならない。

ただ、過日の政変未遂における中心人物、かつ帝国屈指の名家の当主たる久堂《くどう》清霞の華《か》燭《しょく》の賀儀が挙げられるとあって、巷《ちまた》ではすでにちょっとした話題になっていた。

これについては緊張も一入《ひとしお》で、少しも気を抜く暇がない。

うれしいこと、大変なこと……せわしないけれど、美世の中ではこれまでの人生のいつよりも充実している。

「美世」

「旦那さま」

縁側から声をかけられて振り向くと、すらりとした立ち姿がある。朝の鍛錬をこなし、水浴びをして着替えてきたところだろうか。

草履を履いて庭へ下り、清霞は何とはなしに美世と並んで空を見上げる。

「旦那さま、見てください」

「なんだ」

美世はその腕に軽く触れ、地面のほうを見るよう指をさして促した。

地に青く萌え出る草の間に、蒲公英《たんぽぽ》の蕾《つぼみ》がちらりと小さく頭を出していた。なんてことはない、ただの野花でも、見つけるとどうしてか胸が躍る。

二人は揃《そろ》ってしゃがみ、間近に春の芽吹きを見つめた。

「蒲公英です。春ですね」

「そうだな」

特別なことなどひとつもない、巡る季節のありふれた日々。

ただこうして穏やかに春を迎えられるのが、何よりもうれしい。

「──もしよければ、だが」

清霞は立ち上がりながら、躊躇いがちに切り出す。美世も倣って立ち上がり、あらたまってどうかしたのかと不思議に思う。

そうしておもむろに告げられた彼からの提案は、美世がまったく予想していないことだった。

「この庭に、桜を植えないか。その、結婚の記念に」

庭に、桜を。

それを聞いた瞬間に、美世の脳裏にはもう立派な木に満開の薄紅の花が咲き誇る様子がありありと浮かんでいた。

本来、家の庭に桜を植えるのは縁起が悪いという。

加えて、庭の桜は亡くなった薄命の母を思い出させ、美世の胸の内に複雑な思いが去来する。けれど、一方でこの庭に咲く桜を見てみたいと、純粋に願ってしまう。

「はい……すごく、すごくいいと、思います」

現実味がなくて、ぼんやりとしたまま答える美世に、清霞は笑った。

「そうか。では、そうしよう」

これから苗木を植えたら、花が咲くのはいつになるだろう。

春を迎えるたびに庭の桜が咲くのを指折り心待ちにして、咲いたら花見もできるかもしれない。花を見ながら、のんびりとお茶を飲むのも楽しそうだ。

まだ植えてもいないのに、期待がどんどん膨らんで。

美世は気づくと、頬を紅潮させて、清霞の着物の袖を引いていた。

「ありがとう、ございます」

桜を見られるのもうれしいけれど、庭に桜を植えることは美世にとって特別な意味がある。それを、清霞が承知していたことが一等うれしい。

悪い縁起のひとつやふたつ、吹き飛ばしてしまえばいいと思うくらい――この人が好き。

二人の春は、もうすぐそこ。

あとがき

　またまた大変お待たせをいたしました。ご無沙汰しております。

　顎木《あぎとぎ》、と呼ばれ続けて早三年半ほど経《た》ちまして、まあもう顎木でもあくみでもなんでもいいんじゃない？　という境地にいたりつつある、顎木あくみです。


　この物語も多くの皆さまにお付き合いいただき、気づけば六巻。長々と続けてまいりました甘水《うすい》編（仮）もようやく一件落着となり——ここで、重大発表をします。

　次はお待ちかねの、ハッピーな巻になります（予定）！

　いや、長かったですね。当初は二巻の内容のあとに後日談の一環として書こうと思っていた人生の一大行事だったはずなのに、なぜか波乱、波乱……波乱。いつの間にこんな重苦しい展開になっていたのかと、自分でも首を捻《ひね》っていましたが、ついにタイトルを回収できそうで安堵《あんど》しております。

　甘水編はいろいろと手探りなところもありまして、登場人物たちだけでなく、私にとっても学びの多いものになり、とても感慨深く思いながら書きました。よく物語を描いていると登場人物が勝手に動き出すと言いますが、私の場合は、物語に私自身も突き動かされていたような気がします。

このお話を書き始めてから、ありがたいことに、本当にたくさんの貴重な体験をさせていただきました。

その体験の集大成といいましょうか、この度、『わたしの幸せな結婚』の映像化が決定いたしました。なんと、アニメと実写映画の両方となっております。たぶん夢です。

アニメ化に喜んでいたところへ、実写映画化のお話も飛び込んできて、大変目まぐるしく、原稿を進めている間もてんやわんやでしたが、今からとってもワクワクしています！

最初、素人ひとりで始めた小説が書籍になり、コミカライズし、朗読劇に、アニメに、実写にと、どんどん世界が広がりますね……。やっぱり、夢でしょうね。

もちろん、これからも小説は小説として皆さまに楽しんでいただけるよう、邁進《まいしん》していく所存ですので、引き続きどうぞよろしくお願いします。

また、スクウェア・エニックス様『ガンガンONLINE』で連載中の、高坂《こうさか》りと先生によるコミカライズもいよいよ小説二巻の内容に入りまして、どのページを見ても非常に高まりますので、ぜひ。読むと悶《もだ》えること、必至です！

今回もたくさんの方々に支えられ、この本をお届けできました。毎度のことながら、担当編集さまには忙しさも相まって、心身ともにたいそう負担をおかけしていると思います。すみません、いつもありがとうございます。

そして、カバーイラストを手掛けてくださった、月岡月穂《つきおかつきほ》先生。いつも本当に素晴らしすぎて小躍りしていますが、今回も本当に美しい……。二人の距離もだんだん近づいて、最高です。ありがとうございます。

最後に、今巻を手にとってくださった皆さま。ここまでついてきてくださり、心より感謝申し上げます。皆さまのおかげで、どうにか続けてこられました。せめてもの恩返しに、物語を楽しんでいただけたなら、幸いです。

では、また。

顎木あくみ

富士見Ｌ文庫

わたしの幸《しあわ》せな結婚《けっこん》 六

顎木《あぎと》《ぎ》あくみ

2022年７月15日　初版発行
2023年４月30日　11版発行

発行者　山下直久
発　行　株式会社 KADOKAWA
〒102-8177　東京都千代田区富士見2-13-3
電話　0570-002-301（ナビダイヤル）

印刷所　株式会社暁印刷
製本所　本間製本株式会社
装丁者　西村弘美

定価はカバーに表示してあります。　◇◇◇

●お問い合わせ
https://www.kadokawa.co.jp/（「お問い合わせ」へお進みください）
※内容によっては、お答えできない場合があります。
※サポートは日本国内のみとさせていただきます。
※ Japanese text only

ISBN 978-4-04-074601-2 C0193